三國風雲之

曹賊

卷之參

俠者以武犯禁

庚新 著
超合金叉雞飯 繪

卷參

目錄

章一 救人

曹朋站在樹上，看到一隊西涼騎軍，身著黑甲，縱馬疾馳。

在他們前方不遠處，則是一個黑大漢，匍匐在一匹裸馬背上，渾身上下都是血，亡命狂奔。

「休走了典韋！」

典韋？

那個黑大漢，難道就是典韋嗎？

就在曹朋心懷疑慮的時候，為首的西涼騎將，摘弓搭箭，朝著典韋連發三箭。

第一箭，正中典韋的後背，但不知被什麼東西擋了一下，直接掉落下來；第二箭，卻射中了典韋的大腿，而第三箭，正中典韋胯下坐騎的屁股。那戰馬吃痛，突然間希聿聿一聲長嘶，仰蹄

章一　救人

直立而起。馬上的黑大漢猝不及防，撲通一聲就從馬上摔下來，戰馬隨即落荒而走。

黑大漢從地上爬起來，反手從後背抽出一對鐵戟。

看到這一對超乎尋常的鐵戟，曹朋可以確認，這黑大漢，就是傳說中的古之惡來，典韋！

「典韋在此，哪個來受死！」

西涼騎軍呼啦啦衝上來，把典韋團團圍住。

而典韋卻面無懼色，雙手擎鐵戟，厲聲高喝。那吼聲，猶如巨雷般炸響，以至於周圍西涼騎軍的戰馬，也顯得有些驚恐，不安地不斷踏踩地面。

不過，西涼騎軍可說是生長在馬背上，個個馬術超群，很快便把戰馬安撫住。

一員小將，也就是剛才射箭的那西涼騎將，催馬上前，掌中丈八長矛一指典韋，「典君明，曹賊已敗逃，爾何不下馬投降，可免除一死。」

樹上，魏延向曹朋看去，卻見曹朋伸出手，做出『殺』的手勢。魏延立刻明白他的意思。

典韋怒罵道：「爾等反覆小人，也敢妄言殺我？主公授之天命，輔助漢室。你這小娃娃助紂為虐，早晚必死。想要我典韋投降，先問問我手中雙鐵戟是否答應。小娃娃，可敢與俺一戰？」

說話間，典韋鬚髮賁張，猶如一頭狂獅，周圍五十餘西涼騎軍，一個個均面露忌憚之色。

卻說張繡偷襲曹營，眼看著就要殺了曹操，沒想到被典韋攔下。

這典韋，可是能與呂布鬥一個不分伯仲的猛將，張繡雖然槍馬純熟，身經百戰，但和典韋相比還相差許多。只不過，他胯下馬掌中槍，身披重甲；而典韋則是倉促應戰，身上連一件劄甲都沒有佩戴，兩人在曹軍大營外鏖戰十餘個回合，張繡一槍戳中典韋的肩膀，而典韋也惡狠狠的一刀劈在他的胸前——披甲和不披甲的結果，立刻顯現出來！

張繡雖受傷，但有甲冑保護，所以並無大礙，而典韋卻是實實在在受了一槍，血流如柱……

不過，趁著二人交手的機會，曹操帶著人逃走了。

見曹操逃離出去，典韋這才搶了一匹馬，拼死殺出一條血路。

按照張繡所想，典韋不過一介武夫，不足為慮。他的目的是殺死曹操，只要殺了曹操，典韋也折騰不起什麼風浪。所以張繡率部追擊曹操去了，而他的侄子，張信，卻懷著另一個心思。

世人皆知典韋勇武，如果能殺死典韋的話，豈不是名揚天下？於是張信帶著一隊騎軍，死死的咬住典韋，大有不殺典韋，誓不收兵的架勢，從宛城一直追到了高丘亭。

失去了坐騎的典韋，毫不害怕，他雙戟橫在身前，厲聲咆哮……

張信勃然大怒，大叫一聲，「典韋，你這是找死！」

說著，就見他催馬擰槍，向典韋衝來。

西涼軍的坐騎，大都是西涼好馬。體形巨大，速度奇快，衝起來猶如一陣風似地。張信一發起衝鋒，周圍的西涼騎軍立刻縱馬環旋，圍著典韋打轉。

典韋冷笑一聲，「爾等只這些手段嗎？」

迎著張信，他猛然踏步騰空而起，左手戟向前一探，鐺的一聲鎖住了張信的長槍。巨大的力量，震得張信手臂發麻。不等他做出反應，典韋的右手戟劈面落下，聲勢駭人。

就在這時，從迴旋的馬隊裡，突然衝出一騎。

「典韋，休傷我主。」

一名騎將風馳電掣般衝過來，長槍呼的一顫，凶狠刺向典韋。如果典韋不收手，也許能傷了張信，但他自己卻勢必有性命之憂。

說時遲，那時快，典韋在半空中猛然一個迴身，掉手一戟劈出，正劈在那長槍槍脊之上，金鐵交鳴之聲不絕於耳！在一瞬間，典韋就劈出了十數下，每一戟都蘊含著巨大的力量，把那西涼騎將震得虎口迸裂，一口鮮血就噴了出來。

張信策馬和典韋錯身而過，而西涼騎將則從馬背上直接摔落在地上。

十餘戟的勁力，透過長槍幾乎震斷了騎將的心脈，典韋落地的一剎那，突然感到腿上一陣劇痛，腿一軟，單膝跪在地上。原來，先前張信射中他的大腿，這傷勢使得他難以受力。

肩膀上的傷口，又開始往外滲血。典韋喘著粗氣，單膝跪地，手拄大戟，哈哈大笑：「土雞瓦狗，也敢口出狂言！」

說著話，典韋咧開大嘴，手上用力，呼的重又站起。

在他身前，西涼騎將的屍體靜靜的倒在地上，七竅流血，已氣絕身亡。

原以為，典韋身受重傷，自己出馬可以手到擒來。哪知道這傢伙居然還這麼凶猛，只一招就幹掉了自己手下最精銳的西涼鐵騎。張信的臉色，不由得變得非常難看。他咬著牙，突然把手中丈八長矛遙指典韋，厲聲喝道：「給我殺……我倒要看看，你還能堅持多久！」

西涼騎軍聞聽，齊聲吶喊，一匹匹戰馬隨即仰蹄狂奔，風一般撲向典韋。

眼見著典韋就要被這人海所包圍，就聽頭頂傳來一聲暴喝：「以多欺少，算什麼本事？」

一道人影，從樹上唰的竄出，在空中舒展身體，猶如一隻蒼鷹般，疾撲下來。一口明晃晃的龍雀大刀，在陽光的照映下，帶著一道匹緞似地弧光，呼嘯著砍向一個西涼騎將。

那騎將大吃一驚，連忙舉槍封擋，只聽鐺鐺鐺，一連串的聲響，鋼刀在瞬間和大槍交鋒三次。鋒利的刃口，準確的劈在同一個地方。騎將手中的大槍雖是鐵鑄，可是在這一連串的交擊之下，喀嚓斷成了兩截。人影落地，大刀順著那騎將的面部滑落，撕裂了他身上的鐵甲。胸口處，一道細細的血痕越來越清晰，突然間噗的一聲，噴出一蓬血霧，騎將翻身落馬……

「黑廝，別怕，我來幫你。」

魏延落地後，手中龍雀大刀卻不見停頓，但見刀雲片片，翻滾不停；罡風四溢，呼嘯不止。典韋乍見有幫手出現，頓時精神振奮起來，他大吼一聲，忍著腿上的劇痛，騰空而起，手中雙鐵戟狠狠貫入一個西涼騎軍的胸口，把他扯下戰馬，而後雙鐵戟翻飛，迅速衝到魏延身邊。兩人背靠著背，形成一個簡單的陣勢，和西涼騎軍鬥在一處，剎那間，在高丘亭下，人喊馬嘶。

曹朋躲在樹上，冷靜的觀察著場中的局勢。

魏延大刀鋒利，勢大力沉，每一刀劈出，都帶著刺耳的刀嘯，逼得對方無法靠近；而典韋更是雙戟翻飛，化作一片戟雲翻滾，只要有人靠近過來，必會發出致命一擊。短短的時間，十餘名西涼騎軍便倒在了血泊之中。不過典韋的身上，又多了兩處傷口，雖非致命，卻血染征袍。

這樣子下去可不行！

曹朋看得出來，魏延也好，典韋也罷，都是用最凶狠的招數攻擊，固然可以造成巨大的殺傷，但對他二人來說，這樣子連續不斷的攻擊，勢必會令他二人力竭。

而且，拖得時間越久，就越危險。

宛城軍遲早會趕來援兵，那時候敵人越來越多，別說救出典韋，恐怕連魏延也要被搭進去。

他目光游離，四下觀望，突然間，曹朋發現張信正不知不覺的向他這邊移動。

想來是典韋和魏延兩人的殺法太過凶殘，以至於這位張門三虎之一的張信，竟有些膽戰心驚，下意識的撥馬後退，漸漸就來到了曹朋藏身之處的下面。

張信一邊思忖著魏延的來歷，一邊偷偷的把長矛收好，抬腿摘弓，從胡祿中抽出一支利矢。

他咬著牙，慢慢拉動弓弦。

當強弓被拉成滿月之時，張信心裡一陣冷笑。

成名，就在今朝！

「小賊，休得暗箭傷人。」

張信猝不及防下，乍聽頭頂有人喊喝，不由得心裡一驚。抬頭看，卻不想手中的弓箭一垂，利矢刷的飛出，正中自己的大腿，疼得張信啊呀一聲大叫！

也就在這時，曹朋已經到了他的面前，一隻手蓬的拍在張信的肩膀上，屈肘卸力之後，猛然發勁，身體呼的再次騰起。

順著這股勁道，曹朋在空中旋身，鋒利的短劍貼著張信的脖子劃過……

一股黏稠的鮮血，從腔子裡噴湧而出，濺了曹朋一身。

而張信的那顆人頭落地之後，骨碌碌滾動兩圈，臉上仍帶著疑惑之色。

「賊將已死，典將軍休得驚慌，援兵來了！」

西涼騎軍先是聽到張信的慘叫聲，回頭看去，卻見一具無頭屍體正從腔子裡噴著血，從馬上摔落地面，還沒等他們反應過來，又聽到曹朋的呼喚聲。

雖然佔居上風，可西涼騎軍被魏延和典韋殺得也是心驚肉跳，乍聽曹軍援兵抵達，再加上張信被殺……一連串的刺激，讓西涼騎軍頓時慌亂起來，一個個大喊一聲，撥馬就走。

「援兵來了？援兵在哪裡？是元讓還是文則？」

典韋氣喘吁吁，心裡嘀咕著，緊張的心情一下子放鬆下來，眼前發黑，一頭就栽倒在地上。

魏延手拄長刀，渾身的骨頭架子都好像散了一樣：「這個傢伙怎麼如此悍勇……如果他沒有受傷，我估計甚至不是他十合之敵。」

魏延剛才和典韋並肩作戰，自然看得非常清楚。

天下何其之大，英雄豪傑何其之多？見到了典韋殺人的氣勢，魏延心裡頓時有些失落。

曹朋快步走上前，查看了一下典韋身上的傷勢，從衣服上撕下一塊布，死死的紮住了典韋的傷口，然後對魏延說：「此地不可久留，快幫我把他扶起來。」

「啊，這就來！」

魏延如夢方醒，連忙快步上前，從曹朋手中接過了典韋。

「阿福，這傢伙究竟是誰？」

曹朋忙著從戰場上牽來了兩匹無主的西涼戰馬，把韁繩遞給魏延，然後又從一名西涼騎將身上取下一柄繯首刀，這才翻身上馬。

「魏大哥，你若是想在曹營站穩腳跟，他就是你的引薦人。詳細的我回頭再和你說，咱們先回大王崗，估計宛城張繡用不了多久，就會派人過來……」說罷，曹朋一抖韁繩，催馬就走。

魏延一頭霧水，但也知道這高丘亭不能久留，忙將典韋攙扶上馬，然後跨坐馬上，一攏韁繩，「阿福，等等我……駕！」

戰馬希聿聿長嘶，四蹄撒開！

章一 救人

宛城，大王崗。

破敗的山寨裡，看得出已有多年沒有人打掃過。一排排低矮的房舍中，更是蛛網密佈。走進房門，迎面就是一股腐濕惡臭的味道。由於多年沒有人居住，這裡已經變成了老鼠的天堂，一路走過去，可以看到簡陋的青石路面上，佈滿了老鼠屎的痕跡。除此之外，還有層層疊疊，野獸的足跡……山寨空地上，有幾具不知名的野獸枯骨，在風雨的侵蝕下，看上去很斑駁。不少房舍已經倒塌，殘留的幾間房舍，有的塌了半面牆，有的連門都沒有。

魏延一進來，就忍不住打了好幾個噴嚏，「阿福，要不咱們換個地方吧。」

曹朋跳下馬，把韁繩拴在寨子裡的栓馬樁上，然後環視四周，輕聲回答說：「魏大哥，就這裡吧。這裡距離宛城有一些路程，估計張繡一時半刻也找不過來。那傢伙的傷勢也挺嚴重，需要處理一下。如果我們再折騰下去，說不定就沒法子保住他的性命。忍一忍吧。」

也許連魏延也沒有覺察到，在不知不覺中，他開始重視曹朋的意見。魏延吃力的把典韋抱進一間保存最為完好，同時也相對整潔乾燥的房間裡。

曹朋推開窗子，對流的空氣，將房間裡腐臭的味道一掃而空。然後，他找了塊乾淨的地方，把典韋平放下來。

「魏大哥，我去弄點柴火，咱們先把火升起來。」

「算了，還是我去吧……你懂得療傷？」

「哦，多多少少知道一些，但算不得太精湛。」

「真不明白，你這傢伙從哪裡學來的這些東西。你姐夫……算了，我先去生火，順便查看一下周圍的情況。」魏延說著扭頭就走。

曹朋看了一下房間，發現在一面牆壁上，插著半支牛油大蠟。這種蠟燭的燃燒力很強，一個房間，往往一支大蠟就足夠了。牆上這半支蠟燭，不曉得是什麼時候留下來的東西。

曹朋走過去，把大蠟取下。然後回到典韋身邊，把蠟燭插在地上，從懷裡摸出一枚火摺子，在地上用力一擦，把大蠟點燃後，整個房間頓時顯得格外通透。

典韋的衣服，已經被鮮血浸透，顏色甚至發黑。

曹朋小心翼翼的將他的衣服除下，眉頭不由得微微一蹙。

原來，典韋身上的傷口不下二十餘處，從這些傷口可以看出，這傢伙經歷了一場怎生可怕的慘烈廝殺。也就是典韋這身子骨，如果換一個人，恐怕這時候已經掛掉了。

不少傷口已停止流血，曹朋把手放在典韋的身上，可以清楚的感受到，典韋的肌肉在以一種極為奇異的韻律跳動。也正是這種跳動，使得典韋的鮮血流出緩慢。除了肩膀上，腹部，還有後背三處比較嚴重的傷口外，其餘已沒有大礙。

這傢伙，定然已經達到了洗髓的境界。所以身體會在無意識之中自行調整，來緩解傷勢。

曹朋拿起一個虎皮袋，從裡面倒出幾個瓶罐。是那種土陶燒製而成的小瓶罐，每個瓶罐上，都有一些標誌。曹朋拿起一個標誌著長刀模樣的瓶罐，擰開了塞子。

王猛說過，由於這年月很多人都不認得字，所以會以簡單的標識來注解。比如這個刀的標識，其實就是特製金創藥、止血散。一般武將的身上，都會帶有這樣的傷藥，以免意外發生。

虎皮袋，是從典韋身上取下。果不出曹朋所猜想的那樣，典韋身上帶著金創藥、止血散。

那些已經停止流血的傷口不必去理睬，重要的是三處比較嚴重的傷勢。他將金創藥倒出一粒，在口中咀嚼，同時把止血散抹在典韋的傷口上，待金創藥被咀嚼碎，他吐出來在手上搓揉，然後塗抹在止血散上。黑色的藥膏混合止血散，便成了一劑非常神效的藥膏。

不過，這種藥膏的刺激性應該很大，當塗抹在典韋傷口上的時候，曹朋感覺到，他的身體驟然緊繃，旋即放鬆。

真不明白，東漢年代的金創藥，究竟是用什麼製成？

但有一點非常清楚，那就是這種藥膏的確很神奇。融合了唾液和止血散的藥膏，迅速凝固，形成一塊黑色的硬疤。曹朋覺得，這玩意似乎和後世的ＯＫ繃很相似，甚至保護的更嚴密。

典韋體型巨大，把他翻過來，轉過去，在三處傷口抹上金創藥之後，曹朋累得滿頭大汗，氣喘吁吁。

這時候，魏延也看罷了周圍的情況，並在房間裡點燃了篝火。他還找了一口廢棄的陶罐，在裡面裝滿了水，從隨身攜帶的乾糧袋裡取出幾塊硬邦邦的雜麵餅子，掰開了扔進陶罐裡烹煮。屋子裡，瀰漫著一股香味，令曹朋忍不住咽了幾口唾沫。

「阿福，過來吃點東西吧。」

這寨裡的餐具，還挺齊全，也不知道是當年賈復聚眾為王時留下來的東西，還是後來在這裡落腳的人，為方便別人留下來。魏延不僅找到了一個陶罐，還有兩個陶碗，用寨子裡的井水沖洗乾淨，倒還能使用。

餅子很鹹，看樣子放了不少鹽。沒被煮開時，硬得根本咬不動，但煮開後，味道還算不錯。

曹朋也是真的餓壞了，一連吃了三碗雜麵餅子湯，這才心滿意足的放下陶碗。

魏延把剩下的餅子湯倒進自己的碗裡，邊吃邊問：「阿福，你先前說，他是我的引薦人？」

曹朋笑了笑，點點頭，「你沒聽那些西涼軍喊叫嗎？這傢伙應該是叫做典韋……典韋你知道是誰嗎？他是曹公的心腹愛將，同時也是曹公的宿衛。據說，曹公若沒有此人宿衛，甚至連覺都睡不好……呵呵，魏大哥你不是想要投奔曹公嗎？正好，有他來給你引薦，定能迅速在曹公帳下站穩腳跟。」

不過，魏延突然想到了什麼，眉頭一蹙：「阿福，曹公新敗，我又當如何去投奔曹公呢？」

「魏大哥，你只要救活了典韋，何須害怕不能投奔曹公？」

「我的意思是說，曹公……何時會反擊？」

「這一時半會，曹公未必會發動攻擊……甚至有可能收兵。」

「啊？」在魏延看來，曹操實力雄厚，一定會馬上反擊張繡。

「曹公在南陽郡並無根基，南陽豪族也未必會認可曹公。此前，曹公勢大，可兵不血刃；然而現在，他被張繡擊敗，勢必會引發南陽大族的反撲。你想啊，張繡都能把曹公大敗，那些土豪們豈能不蠢蠢欲動？到時候，曹公未必能在南陽郡站穩腳跟，必須徐徐圖之方可……此外，河北袁紹也不可能坐視曹公得到南陽郡，他一定會設法牽制。到時候曹公……」

曹朋笑了笑，輕聲道：「不過你放心，曹公早晚必殺回南陽郡。」

魏延輕輕點頭，臉上露出一抹敬服之色。

「阿福，你和我一起去投奔曹公吧。你見識這麼好，一定能得到曹公的重視。到時候咱們兄弟在曹公帳下一起效力，將來馬踏荊襄。」

曹朋沉默了。他站起來，走到房門口，負手仰望繁星閃爍，低聲道：「我已經耽擱了一天，明天一早，我必須啟程……魏大哥，我要回家去！」

魏延嘴巴張了張，話到嘴邊，又咽了回去。

正所謂，人各有志。

曹朋擔心父母安危，寧可拋棄好大的前程，只這份孝心，足以令魏延敬佩。百善孝為先，他總不能阻攔曹朋，去盡那人子之道吧……

魏延嘆了口氣，抱著腿，看著眼前熊熊篝火，呆呆的出神。

建安二年正月初七，曹操於宛城大敗。

自曹操起事以來，此次大敗，也許是他損失最為慘重的一次。不僅僅是損兵折將，還丟了長子曹昂，從子曹安民的性命，而他的心腹愛將，有古之惡來之稱的典韋，同樣是生死不明。

唯一值得慶幸的是，曹操次子曹丕，在曹操渡過淯水，穩住陣腳後，終於趕回來與他會合。

如果曹丕也死了，那曹操可真的是……

不過，正如曹朋所說的那樣，曹操這一敗，使得他頭上的光環，一下子消失的無影無蹤。南陽郡各地豪族，紛紛起兵反抗。

正月初十，曹操不得不放棄舞陰縣，退回豫州。

但是，曹操雖放棄了南陽，卻不代表會完全撤出南陽。在撤回許都之前，曹操命其族弟，諫議大夫曹洪屯守葉縣，始終保持著對南陽郡的壓力。

在撤兵途中，曹操咬牙切齒的對被他搶來的鄒氏，也就是張濟的遺孀、張繡的嬸子說：「早晚我必取張伯鸞性命，一雪今日之辱。」

同日，在曹操決定暫停攻擊宛城時，棘陽縣城裡，蒯正蹙眉端坐大堂，看著一封書信。

沉思良久，他抬頭向跟隨他多年的老管家問道：「黃射要我緝拿曹家上下三口，你怎麼看？」

章二 白馬小將

天亮了！

陽光普照大地，更增添了幾分濃郁的春情。

曹朋揉了揉眼睛，打了個哈欠之後，爬起來伸了一個懶腰。筋骨的舒展，令他感到精神為之一振。看了一下房間，典韋仍昏迷不醒。但從那沉穩悠長的氣息來看，比昨天好轉許多。

魏延不在房間裡，那柄從不離手的龍雀，也不見蹤影。

不過曹朋知道，魏延不可能獨自離開。這裡還有他的引薦人，他現在走，又能走去哪裡？透過半開的窗戶，曹朋看到了拴在寨子裡的兩匹西涼馬，更進一步的讓他確定，魏延沒走。

走出房間，簡單的洗漱了一下，整個人都好像清醒了。曹朋走到典韋身旁，伸手看了一下典韋身上的藥膏。

黑色的藥膏經過一夜之後，變得有些發灰。伸手在上面一敲，藥膏碎裂，自動脫落，露出覆蓋在藥膏下的傷口。血已經止住了，但傷口仍有些觸目驚心。

曹朋蹙了蹙眉宇，倒出一粒金創藥，在口中咀嚼碎了，又塗抹在典韋的傷口上。這金創藥的效果不錯，至少從目前的狀況來看，典韋恢復的速度非常快。

就在曹朋準備起身出去的時候，典韋突然一動，睜開了眼睛。

眼角餘光見人影晃動，典韋二話不說，猛然坐起來，伸手一把扣住了對方的脖子……

曹朋猝不及防，被典韋掐住脖子，差一點斷了氣。

那隻大手的力氣，實在是太可怕了。就好像鐵鉗子一樣，死死掐住，曹朋甚至可以想像，典韋的手指頭只要微微用力，就可以把他的脖子扭斷。

好在，典韋很快就看清楚了他手中的人……

「你是誰？」

曹朋用力拍打典韋的手臂，卻好像蜻蜓撼柱。

典韋愣了一下，旋即反應過來，鬆開了手。不過，他卻沒有放鬆警惕，一雙虎目凝視曹朋，眸光泛黃，帶著一抹冷酷之色。只要曹朋敢有半點舉動，典韋會毫不猶豫的取走他的性命。

曹朋佝僂著身子，大口的喘著粗氣：「你這傢伙，就這麼報答恩人的嗎？」

「恩人？」典韋眼中露出迷茫之色，但旋即想起來昨天的事情，「你，救了我？不對，救我的那個人，我認得，並非是你這小娃娃。」

曹朋這時候也緩過起來，看著典韋那張迷茫的大黑臉，怒道：「幫你打架的大個子，是我朋友，最後殺西涼主將的人是我。黑大個，你莫不是連這個也忘了？若不是我殺了他們的主將，你們現在早就掛了……你身上的傷，還是我幫你上的藥，你剛才差點殺了我，知不知道？」

典韋用力的晃了晃腦袋，隱隱約約，好像想到了什麼。

張信的確是被一個人殺掉的，只是當時他已力竭，頭昏腦脹的，並沒有看清楚是何人出手。

「小娃娃，你也能殺人？」

難怪典韋會懷疑，曹朋這身子骨的確是太弱了些。雖說練了一段太極拳，身體比從前有了極大的改善，可那也是和從前比，在典韋的眼裡，曹朋就是一個小孩子……

曹朋冷哼一聲，不再理睬典韋。

典韋也覺得很無趣，於是撐著身子，想要站起來。

「你要是想把血流盡，你就繼續折騰吧。我可把話說清楚，你的止血散和金創藥已經不多了，估計只能再用兩次。你的傷口剛開始收口，亂動的話，傷口迸裂了，我可不會再幫你敷藥……呸，這金創藥是用什麼做的？怎麼這麼澀？你老老實實的躺著，別再讓我為你操心了！」

金創藥的確是很澀口，曹朋這會嘴巴裡麻的要命。說完，他頭也不回的就走出房間，只把典韋一個人留在屋裡。

坐在地上，典韋低頭看了看身上的傷口，腦海中不由自主的又浮現出昨日的情形。

對了，主公現在怎樣了？可脫離危險？

「小娃娃，小娃娃！」典韋在屋子裡大聲呼喊。

過了一會，曹朋才走進來，一臉不高興的問道：「黑大個，你又有什麼事？」

「這是什麼地方？你可知道我家主公……」

「你主公不會有事的！」曹朋打斷了典韋的話，抹了一把臉上的水漬說道：「曹公麾下戰將無數，並不是只有你典韋一個人能征慣戰。他身邊跟了那麼多人，肯定能安全撤走……這裡是大王崗，距離宛城有些路程。你要是想回去繼續保護曹公，就老老實實把傷養好。」

典韋虎目中，閃過一抹冷芒：「小娃娃，你是誰，你怎知道我主公是誰？」

「廢話，宛城大戰，一方是小張將軍，一方是曹公。既然西涼軍追殺你，那你肯定就是曹公的人。拜託你下次問點有腦袋的問題，這種問題，我實在懶得回答……我叫曹朋，昨大和你並肩作戰的那個人，叫做魏延。對了，魏大哥準備去投奔曹公，你能否給他做個引薦？」

曹朋連諷刺帶挖苦，典韋居然沒有生氣。他愣了一下，看了一眼曹朋身上那件沾染著血污的皮甲，突然問道：「小恩公，你是……」

「我是棘陽人，被劉表徵召。魏大哥是義陽人，原來是南陽郡義陽武卒的屯將，只因得罪了上官，在押運糧草來宛城的途中遭遇陷害。他現在有家難回，所以想投奔曹公，搏取個功名。典韋，你能不能引薦一下呢？」

「你，知道我的名字？」

曹朋嘆了口氣，搖搖頭道：「剛說了讓你問點有腦袋的問題，結果沒兩句，你又……宛城軍喊聲那麼大……休走了典韋！你說，我能不知道你是誰嗎？好了，你還沒有回答我的問題。」

連典韋都覺得，自己剛才的問題好像有點傻。

眼前這小娃娃可算得上是牙尖嘴利，可不知道為什麼，典韋就是發不出脾氣。忍不住呵呵的笑了起來，「你那魏大哥的武藝不差，雖比不得我，但也算得上一把好手。他如果想要投奔曹公，我自然可為他引薦。如果他願意，我可以讓他先做我的近衛，這樣和曹公接觸的機會也會增加。不過，能不能得曹公看重，就要看他的本事。」

曹朋相信，魏延是個有真本事的人。只要給他一些機會，說不定就會被曹操看重，甚至重用。

「那，我就多謝你了！」

曹朋說著話，走到一旁，把典韋的虎皮袋拿起來，斜掛在身上。

「小娃娃，那好像是我的東西吧。」

「借來用用不行嗎？」曹朋笑了，看著典韋道：「我救了你的命，還給你敷藥，收取一些代價，也很正常嘛。子路當年做好事，拒絕別人的報酬，可子貢同樣做了好事，卻收取了別人的報酬。孔聖人卻沒有責怪子貢，反而誇獎他。子路問他的時候，孔聖人說：如果所有人都像你這樣，做了好事卻無所得，誰又會再去做好事？子貢的做法，卻可以讓更多人去做好事……你看，孔聖人都這麼說了，我也是聽從先賢的教誨。所以，我取走虎皮袋，也很正常。」

典韋驚奇的看著曹朋，只覺得他那笑容格外燦爛。

「小娃娃，你讀過書嗎？」

「嗯！」

曹朋蹲下身子，把短劍插在腰間，然後又撕下一塊衣服，將繯首刀包裹住，纏了一下，放在旁邊。

「這個止血散，你暫時不需要，我就帶走了。金創藥你留下，差不多六個時辰換一次。你身體強壯，傷口恢復的很快。估計再換兩次藥，就應該可以結疤，只要不做太劇烈的運動，想必很快就能夠康復……魏大哥的事情，就拜託你了！」

「小娃娃，你這是……」典韋疑惑的看著曹朋的動作。

曹朋說：「我該走了！本來我昨天就該啟程的，沒想到遇到你這樁事情，耽擱了一整天。」

「你不和我一起走嗎？要去哪裡？」

「回家！」曹朋說著，把繯首刀斜背在身上，「我爹娘還在棘陽，這次出了這麼大的事，我必須回去看看。典韋大哥，你既然醒了，我也就放心了。過一會魏大哥會回來，你多保重。」

不知為何，典韋突然生出一種不捨的感覺。

這小娃娃牙尖嘴利，而且譏諷他也是毫不留情，可這種感覺卻非常親切。典韋也有孩子，和曹朋的年紀相差不多，只是由於典韋常年奔波在外，所以很少聚在一起。看到曹朋，典韋不自覺的就想起了自己的兒子，特別是曹朋說要回去看望父母，這種孝心更讓典韋頓生好感。

典韋說：「你不等你魏大哥回來嗎？」

「等什麼等？到時候免不了又是戀戀不捨。男子漢大丈夫，說走就走，哪裡來的那麼多牽掛？」曹朋說完，邁步就往外走。

典韋嘴巴張了張，可是卻不知道，該如何把曹朋留下。

曹朋這時候，倒是沒有任何的留戀。

典韋的確是他所喜歡的三國猛將，但也僅僅是一個現代人對古人的崇拜。如今，人已經見到了，而且他還救活了典韋，心裡再也沒有任何遺憾。魏延的命運改變了，典韋的命運也改變了……曹朋現在心裡面就想著，早一點回去，把父母和姐姐接走，免得被黃射陷害。

揉了揉鼻子，曹朋邁開大步，走到寨子中央，解下一匹馬，翻身跨坐馬背上。回頭，朝著屋中正向外眺望的典韋擺了擺手，兩腳一磕馬腹，口中一聲輕呼，「駕！」

西涼馬長嘶一聲，就衝出了破舊的山寨。

沿著山路，曹朋縱馬疾馳，不多時，他便看到了大路……

勒馬向四下裡看了一眼，曹朋認出了方向之後，催馬就要趕路。就在這時候，他忽聽身後傳來一聲叱喝：「西涼小賊，休走，拿命來！」

一匹白馬從不遠處的一棵大樹後繞出來，馬上一員小將，丈二銀槍，白袍劄甲，縱馬擰槍，向曹朋撲來。

槍風猛烈，隱隱藏著殺機。曹朋剛想要開口，哪料到對方根本就不給他機會，上來就打……

「你……」

曹朋剛喊出聲，槍就到了跟前。

而曹朋的繯首刀，則背在身後，手中沒有寸鐵。下意識的，他猛然低頭，一哈腰，銀槍從他頭頂掠過，槍風扯散了他的髮髻，頭髮一下子披散下來。

曹朋披頭散髮，和那小將錯馬而過。他正想探手拔刀的時候，那白袍小將突然倒轉大槍，反手掄圓，呼的一下子橫掃過來。

只聽鐺的一聲，槍桿正砸在曹朋背後的繯首刀上，包裹著繯首刀的粗布，一下子碎裂……

曹朋只覺得自己後背如受雷擊，喉嚨口發甜，鮮血奪口噴出。

靠，這傢伙又是什麼人？曹朋腦袋昏沉沉，身子一歪，從馬背上撲通就摔在地上。耳邊隱隱約約傳來了魏延的怒吼聲——

「兀那賊人，休傷我兄弟，義陽魏延在此。」

你他娘的，不能早點出現嗎？

曹朋心裡暗罵一聲，眼前發黑，一下子就昏迷過去！

看到曹朋口吐鮮血，跌落馬下的時候，魏延頓時覺得一股氣直沖頭頂，大吼一聲，催馬就衝向白袍小將。

白袍小將之所以攻擊曹朋，是因為曹朋胯下的那匹西涼戰馬，再加上曹朋那一身軍中打扮，以至於白袍小將誤以為曹朋是宛城軍。他剛把曹朋打落馬下，還沒等撥轉馬頭回去刺殺曹朋，耳邊響起一聲巨吼，一匹西涼戰馬，風一般衝到了跟前。

「無恥賊人，敢傷我兄弟。」

剛才白袍小將不給曹朋開口的機會，這一次魏延也沒有給他開口的機會。

龍雀大刀高舉頭頂，魏延雙手握刀，呼的一聲，一刀劈落……這一刀，魏延可說是用盡了全力。曹朋生死不知，在魏延看來，正是因為他的緣故。他怒極之下，刀罡更盛，一抹冷幽的刀風在日光下閃閃，夾帶萬鈞之力，砍向那白袍小將。

白袍小將虎目圓睜，雙手握緊丈二銀槍，鼓足一口丹田氣，雙臂用力，猛地向外一崩……

「開！」

在電光石火間，龍雀大刀與丈二銀槍交擊十數下。

魏延氣力相合，這一刀可謂是達到了巔峰狀態。白袍小將只覺得手臂被震得快要失去了知覺，虎口鮮血淋漓，胯下白馬也是希聿聿暴嘶不止，連退十餘步，方才穩住坐騎。

只一個回合，白袍小將就知道這魏延，比他高出不止一籌。可他現在也沒有其他的退路，一咬牙，一橫心，丈二銀槍撲稜稜一顫，挽出一個斗大的槍花，分心便刺。

他的槍法確實不賴！丈二銀槍，用白蠟桿做槍身。通體是用生鐵打造，份量應該在三十餘斤。這小將能挽出槍花，說明他的確是下過苦功，有真功夫……

魏延掌中龍雀大刀刀雲翻滾，刀嘯聲猶如鬼哭狼嚎，刺耳至極。唰唰唰，疾風暴雨般的刀雲撲向白袍小將。也看不出來魏延在這一剎那間到底劈出多少刀，那刀雲之中，哪個是真，哪個是假？

白袍小將咬碎鋼牙，虎目圓睜。眼見著魏延衝過來，他也別無選擇，大槍噗的一下子直衝進刀雲之中。

叮叮噹噹金鐵交鳴的聲響，似雨打芭蕉般的密集。

魏延突然一聲暴喝，「撤！」

大刀凶狠的劈在了白袍小將的槍脊上，而白袍小將剛才一槍刺出，正是舊力方消，新力未生的當口，龍雀大刀劈在槍上，白袍小將只覺一股巨力從大槍上傳導過來，再也無法拿捏住大槍，丈二銀槍呼的一下子，便脫手飛出。

魏延得勢不饒人，做勢就要再次攻擊……白袍小將連槍都拿不住了，又哪裡敢再和魏延交手，二話不說，撥馬就走，想要躲開魏延。

只是慌亂中，他沒有看清楚方向，竟朝著山寨方向跑去。

山寨門口站立著一個黑鐵塔似的彪形大漢。魏延緊隨白袍小將，看見那大漢便大喊道：「典將軍，休要放過那小賊，他殺了阿福！」

典韋一聽，當時就懵了！

他挺喜歡曹朋這娃娃，感覺這娃娃無論是德行還是品性，都非常出色。雖然說話有點牙尖嘴利，而且還把他嗆得無話可說。可不知道為什麼，他就是覺著曹朋對脾氣、對胃口……而且曹朋說話，也頗有條理，還讀過書，能用聖人之語。在典韋看來，這娃娃的才華，足夠出眾。

可現在……那小娃娃死了？

典韋只覺得胸中憋著一口氣，如果不發洩出來，他整個人就會被炸開。

「小子，我要你給娃娃賠命！」

眼見白馬衝過來，典韋卻不躲不閃，前腿弓，後腿伸，一個弓箭步邁出，前腳落地的一剎那，用力一頓，只聽蓬的一聲響，典韋隨之迎著白馬，一拳轟出。

典韋是什麼人？

這一拳蘊含了典韋心中無盡的憤怒，蓬的一拳，轟在了馬頭上。巨大的力量，直接轟碎了那白馬的頭顱。白馬希聿聿慘嘶一聲，撲通就摔倒在了地上。

馬上的白袍小將被摔得頭昏腦脹，躺在地上難以站立。

典韋二話不說，邁大步就走向白袍小將，口中發出一連串的咆哮，猶如巨雷般，在空中炸響，「小子，我撕了你！」

白袍小將這才看清楚了典韋的長相，連忙大喊：「典校尉！我是夏侯蘭！」

蒲扇大手在空中陡然一頓，典韋一把攫住白袍小將的胳膊，「你認得我？」

「典校尉，我乃夏侯將軍帳下軍侯，我叫夏侯蘭，曾隨夏侯將軍，在主公身邊見過您！」

典韋愣了愣，「你是夏侯家的？」

「不是，末將是常山真定人氏……」

「老子管你是什麼人，你殺了小娃娃，我要你償命。」

典韋說著話，探手就抓住了夏侯蘭的另一隻胳膊，雙臂做勢就要發力……

「典將軍，阿福還活著，阿福他還活著！」

另一邊，魏延下馬跑到曹朋跟前，把他抱在懷中。只見曹朋面色蒼白如紙，嘴角還掛著一道血絲。不過，他的脈搏跳動還在，只是感覺有些微弱。

魏延抱起曹朋，一邊跑，一邊大聲呼喊。

典韋聽到曹朋還活著，頓時喜出望外。甩手將夏侯蘭丟在一旁，三步並作兩步，就衝到魏延跟前。

「這娃娃沒事吧。」

「氣脈尚存，只是有些不太穩定。」

「快給我看看。」典韋伸出手，抱住了曹朋的身子。

這小人，怎地這麼輕？心中頓時生出一絲憐惜！典韋扭頭怒視夏侯蘭道：「你這小子，為何傷人？」

夏侯蘭這會才算明白，原來剛才傷的那個小孩子，居然和典韋認識。看典韋的模樣，好像和那孩子非常親密，心裡不由得打了個突。夏侯蘭在夏侯惇帳下效力，可是聽說過典韋的凶名。這位爺要是發起狂來，連夏侯將軍也要退避三舍。

夏侯蘭不禁暗自叫苦，強忍著身上的疼痛，躬身道：「典校尉，末將哪知道這位公子和典校尉認識……昨天小將在宛城殺了一夜，也不知此地是何處。看這位公子胯下西涼馬，還是軍中裝束，所以就以為……此末將之錯，還請典校尉責罰，末將絕沒有半句怨言。」

典韋無心理睬夏侯蘭，抱著曹朋就往寨子裡走。

魏延回去把兩匹馬牽過來，瞪了夏侯蘭一眼，也急匆匆的跟在典韋身後行去……站在寨子門口，夏侯蘭看了一眼地上的馬屍，又看了看典韋的背影。苦澀一笑之後，他回身撿起了那支丈二銀槍，拄著槍，一瘸一拐的往山寨裡走……這兩天，還真他娘的倒楣啊！

夏侯蘭站在空曠的寨子中，仰天一聲長嘆！

章二 曹公帳下，誰可為將

強武者，善醫。

這句話並不是說，功夫好的人就是好醫生，而是說，在長期的習武生涯中，他們各自有一套檢視自身的方法。典韋強武，磕磕碰碰在所難免，於是在不知不覺中，也有了這種能力。

曹朋的傷勢看上去很嚴重。然則典韋在檢查了曹朋的身體之後，卻意外的發現，情況並沒有那麼糟糕。由於重生後以太極養身，以八段錦配合八字真言強壯氣血和臟腑的功能，曹朋的體內有一種自行調節的能力。

夏侯蘭的境界不過易骨，比之魏延還差了一個等級，丈二銀槍抽在曹朋的身上，卻被繯首刀抵消了大部分的力量。所以曹朋的傷勢屬於體外傷，而非內傷。看上去很嚴重，可實際上也只是被夏侯蘭打岔了氣息，暫時昏迷而已……

「夏侯蘭，可有金創？」

典韋拿起曹朋那支短劍，在火堆上過了一下之後，擦拭乾淨。

夏侯蘭正感覺著有一點內疚，聽到典韋的吩咐，連忙上前答道：「我這裡有上好的金創。」

說著，他從隨身的兜囊裡取出一個巴掌大小的陶罐，遞給了典韋。

典韋接過來，從陶罐中倒出一粒鴿卵大的黑色藥丸，聞了聞，臉上頓時顯出一抹讚賞之色。

「好金創！」

「這是末將出師時，老師從左仙翁那裡討來的金創。」

「左仙翁？」典韋一愣，疑惑的看了一眼夏侯蘭。不過，他並沒有追問下去，而是用短劍在曹朋身上輕輕劃了一下，一股暗紅的淤血從刀口處汩汩流出，曹朋的身子，很明顯的顫了一下。

典韋按著曹朋的身子，又劃了兩刀，將淤血放乾淨，這才把金創放到嘴裡嚼爛，抹在刀口上……看著曹朋的背明顯消腫許多，典韋如釋重負，長出了一口氣。

「典將軍，阿福他……」

「大體上沒甚大礙。」典韋站起身，把金創還給了夏侯蘭，黝黑雄武的面膛上，多了一絲笑

容，「這娃娃也不知練了什麼功夫，不但氣血旺盛，而且內腑也很強壯，應該沒有問題。」

魏延也長出了一口氣。

典韋這才看向夏侯蘭：「你師父是誰？」

「回典校尉的話，末將師從童淵。」

「童淵？」典韋頓時露出一抹驚異之色，「可是那與劍王王越王子師齊名的槍王童淵嗎？」

「典校尉也知家師之名？」

典韋笑道：「王子師的弟子史阿，如今在曹公帳下效力，而且還是二公子的劍術老師，我焉能不知童淵之名？」

不過，他旋即露出一抹古怪之色，上下打量了一下夏侯蘭，「只是你這身手，未免有些差了……史阿的身手可是高絕，如果只是切磋，我都未必是他對手。」

言下之意，若真刀真槍拚命，史阿不是典韋的對手。

夏侯蘭臉一紅，嚅嚅言：「其實，末將不過是童師記名弟子。童師當初就說，我的資質很難練成，本不願收我……童師的弟子，和末將從小一起長大，所以苦苦哀求。童師耐不住我那兄弟的苦求，就讓我隨著他一起學習，只不過童師的精力都放在我兄弟身上，我……」

典韋露出恍然之色，「怪不得，我就說童淵偌大聲名，豈能連徒弟都不認真教授？對了，看你這模樣，應從軍已久。雖說功夫算不得高明，可做個千人督綽綽有餘，為何只是軍侯？」

「回典校尉，末將原本在白馬義從。」

「啊？」典韋大吃一驚。

三國時期，有幾支部隊，堪稱精銳。

劉備手下的白耳精兵，以丹陽兵為基礎建立；劉備入主西川之後，還有一支無當飛軍，擅長山地作戰；曹操的虎豹騎，目前還在組建當中；袁紹的先登營，因大將麴義桀驁不馴，為袁紹所殺，先登營隨之解散，袁紹旋即組建大戟士，但同樣尚未成型。除此之外，徐州呂布麾下八百陷陣，號稱天下無敵；而白馬義從，則是幽州公孫瓚所屬，堪稱騎軍精銳。

沒想到，這夏侯蘭居然是白馬義從！

「那你為何到了元讓麾下？」

「去歲公孫將軍與袁紹交鋒，白馬義從為麴義先登營所敗。末將本是義從先鋒，因初戰不利，故而公孫將軍要治我等的罪。我那兄弟也在白馬義從效力，於是傳出消息，末將連夜逃出……流浪半載，去歲八月時抵達洛陽。正逢夏侯將軍招兵，所以末將就加入夏侯將軍麾下。」

典韋輕輕點頭，表示理解。

三人在篝火旁坐下之後，魏延雖然仍有些不爽夏侯蘭，但敵意似乎已減輕了不少。

典韋又問道：「我記得元讓駐守淯水東岸，你為何會出現在這裡？」

夏侯蘭聞聽詢問，不由得苦澀一笑，「昨日張伯鸞突然反叛，元讓將軍旋即做出反應，督軍準備救援主公，沒想到陣腳被潰軍衝亂，元讓將軍也無力回天。夏侯將軍麾下多以青州兵為主，當時戰敗，青州兵隨之搶掠潰兵，有反亂之勢。末將就是在那個時候被衝散，也不知怎地，就到了淯水西岸，還與叛軍交鋒數陣……」

典韋的臉色，頓時變得非常難看。

「青州兵反亂？」他連忙問道：「那主公的情況如何？」

「這個……末將倒是不太清楚。」夏侯蘭接著說：「等到後來末將反應過來，想要再殺回東岸的時候，叛軍已封鎖了淯水沿岸。張伯鸞親領大軍，就屯紮在淯水東岸，並且嚴加防範。末將幾次想要試圖衝過去，奈何叛軍人多……」

「昨夜子時，末將最後一次想要渡河，被張伯鸞之子張甦所部發現，一路追殺。末將也是慌不擇路，加上天黑也看不清楚周圍的狀況，就跑到了這裡。本來，末將還想著怎麼殺回去，沒想到看到小公子，以為是叛軍斥候，所以……典校尉，末將實不是有意想要傷害小公子。」

夏侯蘭言語間，帶著一絲絲討饒。他從白馬義從逃出來，投奔了曹操，哪知道宛城一戰失利，居然還打傷了曹朋。夏侯蘭到現在也不清楚曹朋的身分，可是見典韋如此重視，以為曹朋的身分非同尋常。加之曹朋也是姓曹，夏侯蘭以為，他是曹操族人。

如果真如此，他在曹操帳下，可有苦日子了……

典韋擺擺手，「此事怪不得你……文長，你也莫再生氣。阿福性命無虞，不過是暫時昏迷而已。估計過了今日，就可以醒轉過來。大家日後都在主公帳下效力，你也莫再斤斤計較。」

這件事，說穿了就是一個誤會，還真怪不得夏侯蘭。典韋作為三人中身分最高的一人，此時顯然已成為主導。

「先做些吃的，阿福醒了之後，也需要將養一下。」

典韋一聲令下，魏延和夏侯蘭馬上動了起來。

這餐具是現成的，食物魏延剛狩獵過來，也不需要什麼麻煩。夏侯蘭顯然是想要和魏延搞好關係，主動承擔起處理食材的任務。看得出來，他挺有經驗，把草蛇處理乾淨，用一根木條從蛇口中穿進去，架在篝火上燎烤。然後拎著兩隻兔子，在水井旁邊清理皮毛和內臟。

典韋心事重重，在一旁沉思不語。
屋中，瀰漫著一股烤肉的香味，魏延和夏侯蘭兩個人處理食物，三個人坐在篝火旁，誰也沒開口。
「夏侯！」
「末將在……」
「青州兵反亂的情況，嚴重否？」
夏侯蘭輕聲道：「依著當時的情況來看，的確是挺嚴重。」
「這麼說來……主公豈不是危險？」
典韋一句話出口，夏侯蘭和魏延，都不禁動容。
是啊，青州兵如果反亂，那麼從西岸逃回去的曹操，勢必面臨更大的危險，萬一……三人不敢再往下想，一個個面面相覷。
「你們真是杞人憂天！」一個低弱的聲音，突然傳來。
魏延扭頭看去，驚喜的呼喊一聲：「阿福！」
只見剛才還昏迷不醒的曹朋，不知在什麼時候已甦醒過來，正強撐著身子，想要坐起。

曹公帳下，誰可為將

典韋連忙跑過去，一把攫住他的胳膊，「娃娃，你怎麼起來了？」

依著典韋的看法，曹朋至少要到天黑以後，才有可能甦醒。沒想到，只半日的光景，他就醒過來了……之前，典韋就感覺到了曹朋的氣血旺盛。他身子雖有些弱，可這氣血卻很強盛。氣血強，則內腑壯；內腑壯，則腎元足，就不會有性命之憂。

這孩子，究竟練的是什麼功夫？

曹朋骨頭架子好像散了一樣，後背更是疼的要命，火辣辣的好像被炙烤一樣。他慢慢爬起來，對典韋說：「黑大個，你別擔心。青州兵雖然亂了，卻不會威脅曹公性命。」

「哦？」

「夏侯元讓是個大笨蛋，打仗還行，可要說治兵他差得遠。曹公帳下，若說治兵嚴謹，也就四個人能算得上厲害……其餘之人，或長於守，或善於攻，可獨當一面，卻非大將之才。」

曹朋的臉還有些慘白，但說話中氣卻很足，典韋知道，這娃娃已沒有大礙，只需休養一下，便能夠恢復。聽了曹朋這一番話，他不禁有些好奇。

「娃娃，你說主公帳下有四個人算得大將，敢問那四個人？」

「我姐夫教過我：將者，智信仁勇嚴。聽上去好像很容易做到，可實際上……曹公帳下，議郎曹仁，可為大將；穎川太守、典軍校尉夏侯淵，三日五百，十日一千，令部下效死，可為大將；裨將軍徐晃，性簡約謹慎，常遠斥候，先為不可勝而後戰，追奔爭利，士不暇食，可為大將。此三人者，皆可獨鎮一方。除此之外，尚有平虜校尉于禁，治軍嚴謹，使將士效命，軍紀森嚴，知曉輕重……亦可以為大將。」

曹朋笑著說：「我記得這一次平虜校尉，似乎也隨軍而來。」

典韋不禁為之驚訝，看著曹朋，忍不住問道：「阿福，你姐夫何人？」

曹朋臉色一沉，沒有回答。

魏延在典韋耳邊低語兩句，典韋頓時大怒。

「黃射小兒嫉賢妒能，不當人子……阿福，你別擔心，吉人天相，你姐夫一定不會有事。」

哪知曹朋冷冷一笑，「黑大個，你先別為我的事操心，還是好好想想，該如何脫離困境。」

曹朋一陣劇烈的咳嗽，蒼白的臉浮現出一抹病態的嫣紅。於是他換了一個姿勢，頭枕在廊柱上，把後背懸空。

「黑大個，你們剛才說的那些我都聽到了。夏侯也說了，他在西岸殺了一夜，幾次試圖衝擊清水防線，都未能成功。這說明什麼？張伯鸞已經控制住了宛城的局勢！也許你認為曹公會反撲，但我告訴你，曹公會反撲，但絕不會是在眼下。南陽豪強，斷然不會坐視曹公繼續攻打宛城……如果說早先他們因為曹公勢大而畏懼，故不戰而降。那麼現在，張伯鸞已經給他們做出了一個最好的榜樣。曹公若繼續征伐南陽，會比之前困難百倍。」

典韋黑黝黝的面頰，抽搐了幾下，卻沒有說話。

夏侯蘭默不作聲，只是靜靜聆聽。

之前，他或許還以為曹朋和典韋有什麼關係，甚至有可能是曹操族人，故而心生畏懼。可畏懼是畏懼，要說敬服，卻不太可能。然則現在，夏侯蘭已經知道曹朋和典韋並無關聯，但心中，卻沒由來多出了幾分敬意……

魏延更不會開口，因為他知道，曹朋的大局觀極強。

「若只是南陽豪強，曹公打也就打了。問題在於，北方諸侯林立，其他人豈能容得曹公放手作為嗎？」

典韋露出凝重之色，「你是說……」

「淮南袁術，河北袁紹，還有荊州劉表……特別是劉表，斷然不會坐視宛城丟失，那樣一來，荊襄大門等同於敞開，荊州勢必受到威脅。曹公迎奉天子，佔居大義之名，已經遭人忌憚，如果這個時候曹公強行征伐，定然會被其他人所敵視。劉表好歹也是漢室宗親，大可聯合袁術、袁紹，甚至包括徐州呂布。曹公為避免四面受敵，唯有退兵，也只可能退兵。」

曹朋侃侃而談。他倚著廊柱，單薄的身體、蒼白的面頰，此時卻透出一抹令人不敢小覷的氣勢。

典韋第一次鄭重其事道：「阿福，那你剛才說的困境，又是什麼？」

「如今張伯鸞固守淯水，是為了防禦曹公。可一俟曹公撤走，那張伯鸞下一步，定然是清剿治下亂兵。到時候，南陽各地豪族，都會鼎力配合。黑大個，你以為，咱們該怎樣做，才能從這天羅地網之中逃離？」

曹朋這一句話，令典韋色變。

打架，殺人，典韋從未害怕過，可這並不代表，他能從南陽一路殺回許都。別看他長的五大三粗，卻也不是傻子。聽了曹朋這一番言論，典韋也不由得緊張起來。

「阿福，那你說咱們該怎麼辦？」

曹朋又是一陣咳嗽，苦笑道：「我要知道該怎麼辦就好了……當務之急，是要趁劉表和張繡還沒有恢復關係之前，逃出宛城治下。我能想到的也只有這些，怎麼逃出，你們自己商量。反正，我身子恢復一些後，要回家看我爹娘。你們怎麼做，我還真想不出一個好主意來……」

典韋三人都沉默了！

曹朋的確是有些害怕，因為他知道，張繡並不可怕，可怕的是張繡背後的另一個人：賈詡！

這次張繡反叛，應該就是出自賈詡的手筆。

「我肚子餓了！」曹朋說道。

「先吃東西，先吃東西……吃飽了肚子，才有精神謀劃。」

典韋連忙大聲招呼，夏侯蘭和魏延紛紛行動起來。魏延撕下一隻兔腿，夏侯蘭給曹朋端過來一碗兔骨湯，裡面有雜麵餅子，肉香四溢。曹朋也不客氣，狼吞虎嚥的吃下一隻兔腿，又喝了兩碗骨頭雜麵餅子湯，空落落的肚子，一下子變得舒服起來。

曹朋剛才說了一陣子話，感覺著很疲乏，於是就趴在草堆上，閉目休息。同時，他默默練習白猿通背中的十二段錦靜功。雖然無法配合八字真言，但對於他目前的身體狀況來說，十二段錦靜功無疑最適合。

「典校尉，咱們該怎麼辦？」夏侯蘭喝了一碗湯，忍不住開口詢問。

典韋撓了撓頭，也想不出太好的法子……讓他動手可以，但讓他動腦子，還真有些難為他。

「文長，你怎麼說？」

魏延也搔了一下頭，輕聲道：「宛城往北，是南鄂縣與東武亭。從宛城一路北上，淯水河面很寬。如今眼見著春汛將至，河水勢必湍急。從東武亭渡河，可直達雉縣，從目前的狀況來說，這是最方便的一條路，我記得雉縣也投降了曹公，咱們這麼走，大約需兩天時間。」

「那咱們就走東武亭！」

「可問題是，如果阿福剛才說的那些都是真的，先不說到東武亭這一路是否會遇到張伯鸞的人馬，但東武亭張伯鸞一定會重兵屯守。而且，雉縣那邊是否會如阿福說的那樣，本地豪族造反……如果出現這種狀況，咱們走東武亭，就是送死。」魏延看著典韋，輕聲說道。

典韋一聽，也蹙起了眉頭。

夏侯蘭忍不住說：「也許阿……曹公子只是猜測呢？說不定張伯鸞並沒有在東武亭駐兵呢？」

魏延冷笑道：「你不瞭解阿福，他和普通的孩子不一樣，他姐夫鄧稷鄧節從生前曾對我說過：阿福大局無雙。如果沒有把握，他絕不會輕易說出來。但既然他說了，十有八九，會出現他所說的情況。在這一點，我信他！」

夏侯蘭還想要爭辯，就聽典韋說：「我和阿福接觸時間不長，但我能感覺到，他和普通孩子不一樣。」

典韋輕輕揉了揉太陽穴，猛然抬頭道：「我信阿福。」

連典韋都這麼說了，夏侯蘭就算是有一肚子的意見，也只能閉上嘴巴。

魏延說：「還有一條路，就是往南走。」

「哦？」

「咱們從劉表治下通行，也能回歸曹公。但眼下的情況是，張伯鸞很有可能封鎖南北要道。在沒有和劉表重新結盟之前，他不會放鬆警惕。所以，直接南下，也不成……」

夏侯蘭急了，「南下不成，北上不成，難道往西走？」

宛城以西，那是純粹的張繡治下。

魏延想了想，「西行倒是個好主意。」

「此話怎講？」

魏延喝了一口湯，正色道：「曹公與張伯鸞，目下集中在淯水沿岸。其實往西走，雖說是張繡的地盤，可是並未受到戰事影響。其守禦必然鬆懈許多。」

說著，他拿起短劍，在地上迅速畫出一個簡陋的地圖。

「你們看，這裡是宛城，這裡是淯水。往北走是東武亭，往南走則是棘陽……我建議，咱們西行，大約一天的時間，就可以到達湍水，而後我們順湍水南下，繞過穰縣，就是安眾。到安眾，就屬於劉表治下，這裡一定不會有任何防禦。咱們從安眾渡過棘水，順比水東進，過確山就是汝南郡。汝南郡是曹公治下，到了汝南，我們豈不就變得安全了嗎？」

典韋聞聽，也不由得心動起來，「這麼走，需要多長時間？」

「若騎馬的話，按照這個路線，咱們到安眾，大概需要三到五天。從安眾到確山，又需三到五天。至於從確山到郎陵，需要多久我就說不準了。我以前也只到過確山，沒去過汝南。」

「也就是說，最少需要十天時間！」典韋說著，就露出了沉思之色。

見典韋有些猶豫，魏延眼珠子一轉，計上心來：「典將軍，咱們外面說話。」

典韋答應一聲，站起身扭頭看了一眼趴在草堆上已經睡著了的曹朋。

「夏侯，你照顧一下阿福。」

說著話，他邁大步隨魏延一起走出去。

站在空曠的寨子裡，典韋問道：「文長，有什麼話，你就說吧。」

「典將軍以為阿福如何？」

典韋一怔，想了想回答說：「阿福甚好。」

「阿福如今年紀有些小，可將來，必能做出大事。這樣一個人，典將軍難道就不想介紹給曹公嗎？」

「當然想，可他要回家啊！」

「典將軍，咱們走安眾的話，必然會途徑棘陽。一會就由我來說服阿福，咱們一起走。等到了棘陽，咱們把阿福的爹娘一起帶走，阿福是個孝子，一定會願意和咱們一同投奔曹公。」

典韋聞聽，不禁喜出望外：「這主意甚好。」

「阿福少而老成，聽鄧節從說，他對曹公也是常有讚言……只可惜了鄧節從，那也是個才華橫溢之人，而且本份老實。雖然和我只做了兩三日幫手，卻讓我心折不已。若非黃射……」

魏延說著話，不由得露出咬牙切齒之態。

連典韋也都忍不住流露出可惜的表情，「依文長所言，這鄧稷將來再不濟也能做毛孝先。」

毛孝先，名毛玠，陳留平丘人，算是典韋的同鄉，年輕時曾做過縣吏，以清廉公正而聞名。曹操做兗州牧的時候，徵召毛玠為治中從事。毛玠當時就向曹操獻策說：今天下分裂，天子遷移他方，人民放棄本業。國家沒有一年的糧食儲備，百姓沒有安居本業的念頭。這樣的局面難以持久……成大事，須有長遠謀劃，要樹立根基。打仗作戰，正義的軍隊一定能取勝，而保持地位憑藉的則是財力。所以您應當尊奉天子，並以他的名義號令地方諸侯。發展農業，積儲物資，唯有這樣子，才能成功。

三國時期，常有挾天子以令諸侯的說法。事實上在建安前後，有很多有識之士，都看到了這一點。毛玠，是曹操陣營中率先提出奉天子以令諸侯的人，同時也正是因為他的建議，使曹操決意屯田。

典韋和毛玠相熟，如今把鄧稷和毛玠相提並論，若鄧稷知道，一定會誠惶誠恐。

沉思片刻，典韋下定決心，「就依文長所言，咱們和阿福一起走，到時候接他父母，同往許都。」

章四　回家

曹朋再次醒來，天已經黑了。背上的瘀腫已消減了大半，至少穿衣甲不成問題，雖然還無法劇烈運動，卻可以騎馬趕路。

典韋把他們的想法，告訴了曹朋，曹朋自然也不會反對。

他也在考慮如何回家的問題，如今典韋他們願意和他一起走，路上相互間也能有個照應，至少能保證他的安全。所以，曹朋幾乎沒有考慮，便答應下來。當然了，除了出於對自己安全的考慮，曹朋還有另一個想法。他不清楚家裡現在是什麼狀況，如果，只是如果……

當然了，如果一切安好，那皆大歡喜。

但如果發生了什麼變故的話，身邊能多一個人，自然能多一些保障。

當晚，曹朋等人便啟程出發。

大王崗距離宛城雖遠，但始終還處於宛城的管轄範圍。天曉得什麼時候，會發生什麼狀況？

於是，趁著夜色，四個人踏上了曲折周轉的逃亡之路。

如魏延所說的那樣，西行的道路並不困難。

張繡此時所有的注意力都集中在淯水沿岸，根本沒有精力關注自家的後院。一路行來，倒是沒有遇到什麼大麻煩。魏延還出了一個主意，那就是想辦法換上宛城軍的衣甲。

這也不是太麻煩的事情，途經一個小鎮的時候，魏延和夏侯蘭偷偷摸摸的溜進當地的官署，從庫府中偷了幾套衣甲。只不過，這些衣甲對曹朋而言，似乎有些重了！好在他已沒有大礙，否則又是一樁麻煩事。

在酈國縣的牛馬市，由夏侯蘭出面，買了兩匹劣馬，四個人四匹馬，幾乎是一路暢通無阻，便抵達湍水。途中，雖遇到了一些兵馬，但都被魏延出面搪塞過去。那一口極其流離的南陽郡本地方言，很難讓人對他們產生什麼懷疑。

在湍水改方向，又走了一整天，便抵達穰縣。出於安全考慮，曹朋等人沒有進城，直接從穰縣城外繞過去，朝著安眾方向行去。過了穰縣，其實也就等於脫離了張繡的治下範圍，但還有一個麻煩，那就是衣甲和馬匹，必須更換。

兩匹西涼馬，都帶有宛城軍的標識，很容易被人看出破綻。哪怕張繡和劉表是盟友，可突然間幾個手持刀槍的宛城軍出現在劉表治下，一樣會引發衝突。

所以，曹朋建議，將西涼馬賣掉。

穰縣和安眾交界之處，有一個車馬市，魏延出面，用兩匹西涼馬，換來一百八十貫五銖錢。

本來，私相買賣戰馬是一樁違禁的事情，可由於荊州缺馬，以至於劉表對馬匹的買賣也睜一隻眼，閉一隻眼。穰縣和安眾交界處的車馬市，本身就是一個被劉表默認的黑市。在這裡，你有貨物，我有錢，至於貨物的出處，誰會在意？能在這黑市裡站穩腳跟的商行店鋪，哪一家背後沒有荊襄世族做靠山？

而後，魏延在車馬市裡又花了三十貫，買了一輛車。

車是好車，做工非常精良，套上兩匹駑馬，四個人又換了一下衣裝。於是曹朋搖身一變，就變成了衣著華美的江夏黃公子；魏延成了車夫，改名黃不射；典韋則變成了保鏢，叫做韋典；夏侯蘭相貌俊秀，換了一身衣服以後，文質彬彬，於是就成了江夏黃家的帳房先生，叫做黃蘭。

總之，當四個人進入安眾縣治下的時候，全都改頭換面。

回家

「阿福，你這主意還真不錯。」魏延趕著馬車，一臉的笑容。

而典韋呢，坐在魏延旁邊，也是一臉的輕鬆。

唯有夏侯蘭有點不高興。因為曹朋剪了他幾縷頭髮黏在他嘴巴上，一路走下來，很不舒服。他甚至覺得，曹朋是故意為之，報復自己打傷他的事情。可他又不得不承認，這嘴巴黏上鬍子，換上一身白色長袍，坐在那裡，還真有點帳房先生的意思。

丈二銀槍，龍雀大刀，還有典韋那一對雙鐵戟，都擱在馬車裡。

曹朋則坐在車廂裡，一派貴公子的模樣。不過在大多數時間，他都在練習十二段錦，以求盡可能的早日康復。

「魏大哥，咱們現在已過了安眾，該怎麼走？」

魏延揚鞭，啪的在空中甩了一聲響，「今晚咱們在杏花山下休息，明天一早北上，大概到正午，就可以繞過涅陽縣，抵達南就聚。」

不知為何，曹朋心裡沒由來的一顫。

過了南就聚，就是棘陽……

杏花山，位於涅陽縣十五里處。

當地有『翹首杏花山，濯足蘭溪河』的說法。這杏花山，蘭溪水，是涅陽的兩大景觀。杏花山奇峰險崖，崢嶸俊俏，又因雲氣繚繞，層巒疊嶂，變化莫測；蘭溪水湧泉流激，情趣盎然。

一輪皎月下，蘭溪水環繞杏花山，山水相合，相得益彰。

曹朋駐足蘭溪水畔，默默的看著溪水湍流。

站在這裡，可以遠眺涅陽古城，曹朋的腦海中，浮現出一張似笑還嗔的秀美面龐。目光有些淒迷，心思更千迴百轉。他知道，這件事和她並沒有關係，但所有的一切，似都是因她而起。

用力的嘆了口氣，曹朋搓揉了一下面龐。

身後，篝火熊熊。

魏延和夏侯蘭都已經睡了。典韋坐在篝火旁，呆呆的發著愣。

曹朋走過去，在他身邊坐下，看著篝火，發呆……

「阿福，有心事嗎？」

「嗯！」

「……是不是擔心你爹娘？」

章四 回家

曹朋抬起頭，就看到典韋那張大黑臉。此時，那張兇神惡煞的面膛上，帶著一抹關切之意。

「典大哥，你還是別笑了！」

「為什麼？」

「難道沒有人告訴你，你笑起來更難看？」

這幾天同行一路走下來，曹朋和典韋說話的時候，也沒有太多顧忌。他是一個很實在的人，也很單純。和他說話，甚至比和魏延在一起的時候還要放鬆。有時候，曹朋還會刺典韋兩句，而典韋卻從不生氣。

「我是個不孝子！」

「為什麼這麼說？」

「娘生我，爹養我……我無一物報爹娘，卻總給他們惹麻煩。小時候，我身子骨不好，我娘為了給我求符水，把祖傳的玉珮賣了。沒想到，卻被人誣陷……我一怒之下，把那個人殺了，結果讓我爹和我娘背井離鄉、遠離故土。原以為安頓下來，能好好報答他們，不想……」

曹朋深吸一口氣，臉上露出痛苦之色。前世，父母因他而受牽連；今世，竟還是如此！

越是臨近棘陽，曹朋就越是痛苦。他想起了鄧稷，想起了王買……他實在是不知道，回去以後，該怎麼去面對姐姐，面對王猛？

典韋靜靜的看著曹朋，許久後沉聲道：「阿福，如果我是你爹娘，我會為你驕傲。」

「嗯？」

「我也有兒子，那傢伙從來都不讓我省心。有時候我被他氣得真想一巴掌把他拍死……可他是我兒子，當他還沒有出生，身體裡就流淌著我的血脈。每當他做出一點事情來，我嘴上雖然責罵他，可心裡面卻開心的不得了。我不認識你爹娘，但我知道，他們不會怪你。」

「是嗎？」

「當然……」

「那將來若有機會，我倒是很想認識一下，你那個想讓你一巴掌拍死的傢伙。」

典韋一怔，不由得啞然失笑。

「他叫典滿，你們將來，一定會有機會認識。」典韋說著，抬頭仰望星空。

一夜無事，第二天一早，四個人再次踏上歸途。

宛城的戰況，已經傳到了這邊。當典韋得知曹操已於前一天撤兵，退出南陽郡的時候，不由得對曹朋又看重了幾分。夏侯蘭更是暗自心驚，看曹朋的目光中，明顯帶有幾分崇敬之色。

反倒是曹朋，看上去和平常沒有什麼兩樣，依舊非常平靜……

「阿福，前面就是南就聚了！」

魏延突然停下馬車，扭頭對車廂裡的曹朋說道。

「那我們過去啊。」

魏延卻面色凝重，輕聲道：「渡口上，似有鄉勇設卡！往來之人，好像都要接受盤查。」

曹朋聞聽，不由得一怔。南就聚從不設卡，這關卡又是何時設立？他連忙從車廂裡走出來，站在車上舉目眺望。只見南就聚渡口行人排列，分成兩路，過往都會遭受鄉勇的盤問。

之前過安眾的時候，可沒有遇到這種情況。

不是說劉表和張繡已經重新結盟了嗎？那這個關卡，又是因何故而設立呢？

正當曹朋感到疑惑的時候，一隊巡邏鄉勇，從馬車旁邊行過去。一名鄉勇在無意間，朝馬車上掃了一眼，當他看到曹朋的時候，先是愣了一下。旋即他走到那伍長身邊，低聲說了兩句話，伍長很不耐煩的擺了擺手，鄉勇旋即從隊伍中脫離出去，鑽到了一旁的疏林之中。

當巡邏鄉勇走遠，曹朋正準備鑽進馬車的時候，鄉勇從疏林中突然跑出來。

只見他大步流星，眨眼間就到了馬車近前，口中大喊一聲：「阿福，你怎麼才來？爹娘讓我在這裡等你多時了！」

曹朋乍聽有人呼喊他的名字，不由得激靈靈打了個寒顫，連忙轉過身，朝著那鄉勇看去……

「鄧範！」

曹朋看清楚那鄉勇，不由得一聲驚呼。這不是別人，正是洪娘子和鄧巨業的兒子，鄧範。

鄧範一臉興奮之色，笑呵呵的跑上前來。曹朋一隻手搭在典韋肩膀上，一隻手輕輕壓住魏延，搖了搖頭，笑嘻嘻的從車上跳下來，迎著鄧範走去。

「阿福，姑父、姑母他們還好嗎？這一眨眼有四、五年了，你這身子骨看上去比以前可壯實多了，我剛才差點就沒認出來。」鄧範說著雲山霧罩的言語，興奮的來到曹朋身邊，把長矛倒插在地上，伸手就是一個熱烈的熊抱。

「阿福，你怎麼還敢回來？縣令命人設卡，正要緝拿你。」

曹朋的耳邊，響起鄧範低低的言語聲，心裡不由得一突突，臉色如常，「鄧範哥哥，你可是比以前更結實了……我出門的時候，爹還交代我，途經此地的時候，來探望你們呢。」

突然，他壓低聲音，「為什麼要緝拿我？」

鄧範偷偷看了一眼左右，輕聲道：「這裡不是說話的地方，你立刻掉頭，去涅陽城東十二里的張家桃園，一切就清楚了……我這邊還在當差，可能要晚一會才能過去，你多小心。」

「阿福，可安頓下來了嗎？」

這鬼鬼祟祟，偷偷摸摸的對話，讓曹朋突然生出一種前世和線人們接頭的感受。

心裡雖然驚異，可他的臉色卻依舊保持著正常，「勞鄧範哥哥費心，小弟正準備去涅陽拜訪一位長輩，暫時就在那邊落腳。等辦完事情，一定會去拜訪哥哥一家。」

「原來還有要事……既然如此，那我就不耽擱你了。記得辦完事情，一定要來看我。我回去告訴爹娘，他們一定會非常高興。」

「一定！」

曹朋拱手和鄧範道別，然後上了馬車，在魏延耳邊低聲道：「調頭，可知道張家桃園？」

魏延搖搖頭，「不知，但張家是涅陽大族，只要打聽一下即可。讓夏侯出面，方便一些。」

他也看出，事情似乎有些不太對頭。

曹朋鑽進車廂，魏延則把夏侯蘭叫過來，在他耳邊低聲吩咐，夏侯蘭點點頭，轉身離去。

「典大哥，事情有變，咱們調頭。」

魏延和典韋說了一聲，典韋立刻坐上馬車，魏延催馬就走。

鄧範站在路旁，看著馬車漸漸遠去，不由得長出一口氣……

「鄧範，你發什麼呆？剛才那人又是誰？」

一隻大手拍在鄧範的肩膀上，把鄧範嚇得激靈靈，打了一個寒顫。扭頭看，卻是一個壯年男子，站在他身後，正盯著他看。

「馬黑子，你嚇死我了！」

「好端端的，你怕什麼？」

「廢話，你冷不丁的讓人拍一下，估計早就嚇得尿褲子了……這也就是老子膽大，否則非讓你嚇出事不可。那是我爹的一個遠房親戚，太平道之亂時離家逃難，去了弘農。後來也不知就走了哪門子狗屎運，把女兒嫁給了當地一個好人家做填房。好像，好像姓楊，叫什麼我卻是記不清楚了。生了兒子，就是剛才那小子……你看那排場，真他娘的讓人生氣。」

鄧範是瞎話張口就來，還說的有模有樣。

曹朋雖說家住棘陽，可時間畢竟短，而且很少進城。除了鄧村的人外，棘陽沒幾個人認得。

馬黑子聞聽頓時瞪大了眼睛，「弘農，姓楊？不會是弘農楊家的人吧……怪不得這麼大排場呢。對了，他們怎麼不去你家，反而往涅陽走了？」

「我氣就是氣這個！好歹我爹娘也是那小子的長輩。可你也看到了，人家現在發達了，看不上我們。如果不是我剛才攔住他，估計他連我家都不會去。我剛才好心好意邀請，可人家要去涅陽，說是拜訪長輩……哪門子的長輩？我爹娘就不是長輩？馬黑子，你給評評理，這傢伙是不是狗眼看人低？」

鄧範做出一副羞怒之狀，馬黑子也不禁連連點頭，頗以為然。

「算了，別為這種人生氣！伍長讓我過來看你，怎麼這大半天了還不回去？走吧，再堅持一個時辰就該換人了。哥哥請你飲酒，犯不著為這種事情勞神。」

鄧範嘆了口氣，點頭道：「也是……不過喝酒就算了，我一會還得回家，告訴我爹娘。」

馬黑子也沒有堅持，拍了拍鄧範，扭頭往哨卡方向走去。

鄧範又回頭看了一眼，曹朋一行人的馬車，已不見了蹤影……

他輕輕出了一口氣，快走幾步，大聲喊道：「馬黑子，你等等我！」

說著，便追著馬黑子的背影，跑向哨卡……

章五

禍福難料

「阿福，什麼情況？」

馬車距離南就聚渡口越來越遠，典韋回身，詢問曹朋。

曹朋表情凝重，輕輕搖頭道：「還不清楚，不過我那朋友應該可信，咱們去張家桃園，便清楚了。」

蒯正明知道他的身分，還下令緝捕自己，那只有一個可能，就是他的身後，有一股巨大的力量對他施壓。而能夠對他施壓的人，恐怕也只有黃射。

蒯家是襄陽世家不錯，但蒯正只是一個偏房，算不得蒯家的嫡支。曹朋雖然掛著一個鹿門學子的身分，可龐德公卻未必會願意為他，而去得罪另一個荊襄豪門。

江夏黃氏，還真是一個龐然大物啊……

曹朋搔搔頭，不禁暗自有些擔心。一定是黃射沒有發現自己的屍體，所以決意對家人動手。以他江夏兵曹史，九女城大營主帥的身分，蒯正還真就無法抗拒。

可是，這與張家又有什麼關係？難道說，是她……

曹朋腦海中，再次浮現出月英笑靨如花的模樣，輕輕點頭。一定是她，也只可能是她……她聽到了風聲，所以搶先把自己的家人救了出去，並藏匿在張家桃園？這麼一解釋，似乎也就通順了許多。曹朋深吸一口氣，探頭出來問道：「魏大哥，夏侯打聽回來了沒有？」

張家桃園位於張村之外，雖屬於張家的產業，卻獨立於張家的治下。

這裡，是前長沙太守張機的私人產業。也是當初南陽大瘟之後，南陽郡太守賜予張機的獎賞。位於杏花山的另一側，滿山桃杏，將桃園淹沒其中，景致極為動人。

魏延在桃園門外停下馬車，夏侯蘭快步上前，走上門階，抓起狻猊門環，啪啪啪拍響門扉。

桃園中，靜悄悄，似無人居住。

好半天才傳來一陣腳步聲，緊跟著大門打開一條縫，從裡面探出一個皓首，「你們找誰？」

「啊……」

夏侯蘭突然不知道該怎麼開口，張口結舌。

老者說：「這裡是私宅，不留宿，請立刻離開吧。」說完，他縮回腦袋，就要關門。

曹朋這時候剛走下馬車，見狀連忙大喊一聲，「老丈，且慢！」

他快步走上門階，把夏侯蘭推到一旁，拱手欠身，輕聲道：「是棘陽鄧村的鄧範，讓我過來。」

「鄧範？」老人眼中露出迷茫之色。

「是張小姐的家嗎？」

「張小姐？」老人眼中的迷茫之色頓時消失，露出警惕之色，「我不認識張小姐，公子走錯地方了！」

說著話，大門蓬的一聲合上。

這下，曹朋也有些糊塗了……

「夏侯，涅陽有幾個桃園？」

夏侯蘭愕然說：「只這一處名叫桃園，再沒有其他去處。」

這是怎麼回事？鄧範明明說的就是張家桃園啊！可為什麼這桃園的人，竟把自己拒之門外？

鄧範不認識也就罷了，他連張家小姐也不認識？

「阿福，讓開！」

就在曹朋疑惑不解的時候，就聽身後典韋一聲大吼。曹朋下意識的側身閃躲一旁，典韋大步衝上來，雙手按在大門上，也不見他又任何多餘的動作，雙臂猛然發力，大門蓬的一聲，被生生推開。

門後掛著一根兒臂粗細的門閂，竟然被典韋震斷。

隨著這一聲巨響，剛走出沒多遠的老人回頭看，就見大門洞開，一個雄獅般魁梧的巨漢，邁步走進桃園。

「你們想要幹什麼？不是說了嗎，我不認識鄧範，這裡也沒什麼張小姐。」

曹朋連忙拉住了典韋的胳膊，「典大哥，千萬別衝動。」

他回身，想要對老人道歉。卻見大廳裡猛然竄出一道人影，風一般從大廳臺階上衝下來，站在天井中，厲聲喝道：「早就知道你們這些潑才會找上門來，爺爺在此，想抓我只管來！」

曹朋乍聽那熟悉的聲音，身子沒由來一個寒顫。他呼的轉身，瞪大了眼睛，看著天井中站立的那個雄壯少年，顫聲喊道：「虎頭哥，你還活著！」

王買沒有什麼變化，只是看上去有些憔悴。和從前相比，眉宇間少了份稚氣，多了些成熟和穩重。他身穿黑色襜褕，外罩一件敞襟大袍。手中一桿鐵脊蛇矛，橫在胸前，傲然而立，令人不由得為之卻步……

「阿福！」

王買看清楚了曹朋，也不由得發出一聲驚呼，臉上頓時露出狂喜表情。

「茂伯，茂伯……這是自己人，是自己人！」

誰也沒有留意到，皓首老人在典韋闖進來的那一刻，腳步向前輕輕滑動了一下，身子微微一弓。也許是他本來就顯得有些佝僂，所以包括典韋在內，也沒有覺察到他的異狀。直到王買喊出來，大家才留意到了這位老人。不過這時候，老人已恢復先前那一副半死不活的模樣。

曹朋心裡湧動狂喜，他從門階上跳下來，快走幾步，卻見王買突然扭頭，往大廳裡跑去。

「虎頭哥……」

沒等曹朋說完，就聽王買大聲喊道：「姐夫，姐夫……阿福回來了！我就知道，他一定會回來！」

曹朋呆愣在原地，就見王買攙扶著一個面色蒼白的青年人，從大廳裡走出。

他看上去很虛弱，衣著略顯單薄。一身青衫，令他看上去頗有儒雅之氣，只是臉上沒有半點血色，白的有些嚇人。

「姐夫！」、「鄧節從！」

曹朋和魏延同時喊出聲來。

魏延更是一臉駭然之色，眼中突然騰起一抹希翼光彩。

鄧稷沒有死，他那些老兄弟，義陽武卒……

曹朋三步並作兩步，衝到了鄧稷的身前，伸出雙手，一把攫住鄧稷的手臂。可就是這一抓，他一下子就覺察到了不對勁。鄧稷的一個袖子竟是空蕩蕩，一隻手臂，卻不見了蹤影。

「姐夫，你的胳膊！」

鄧稷沒有回答曹朋的問題，伸出另一隻手，輕輕揉了揉曹朋的腦袋，「阿福，既然逃出去了，為什麼還要回來？」

「我……」

心中湧動的那股暖意，讓曹朋鼻子一酸，差點就流出眼淚。

「姐夫，事因我而起，我若不回來，與禽獸何異？」

「可你回來了，也……」

鄧稷話未說完，卻被魏延突然上前打斷。

只見他一臉希翼，緊張問道：「鄧節從……」

「魏屯將，你沒事吧。」

「我沒事……我就是想問一下，老唐，就是唐吉他們，如今怎樣了？」

鄧稷神情一黯，魏延這心，呼的一下子沉了下去。

「當晚夕陽聚大亂，我被人砍去一臂，昏迷過去。幸得虎頭拼死將我搶救出來，我這才……聽虎頭說，當時整個營地都亂了，甚至還有許多義陽武卒也參與其中。唐都伯死守武卒大纛，讓虎頭帶著我離去，他在後面掩護……依著當時的狀況，唐都伯他……凶多吉少！」

人世間，最可悲的事情，莫過於當你已經死心的時候，卻突然來了希望，然而不等那希望變成現實，就破滅無蹤……魏延聞聽，頓時呆立不動，整個人好像傻了一樣。

關於義陽武卒的事情，典韋和夏侯蘭在路上，也都聽說了。

見此情形，典韋上前一步，摟著魏延的肩膀，用力緊了緊，「文長，休要效仿那小兒女之狀。義陽武卒之仇，你我早晚必報。待咱們回去之後，重整旗鼓。他日馬踏荊襄，我定把那奸詐小兒送到你的面前，任由你千刀萬剮……振作一點，別讓人看扁了！」

魏延咬著牙，仰天深吸一口氣：「典大哥，我沒事了！」

「大丈夫提得起，放得下，有多少恨咱們埋在心裡，終有一日，可以報償。」

「嗯！」魏延用力的點了點頭。

鄧稷這時候，也注意到了典韋和夏侯蘭兩人的存在。他連忙說：「阿福，快請大家進屋裡說話……茂伯，煩勞您了，把那車馬趕進馬廄裡吧。」

皓首老人笑了笑，枯瘦的面皮抽動，給人一種古怪的感受。但見他顫巍巍、慢騰騰向大門外走去。鄧稷在曹朋的攙扶下，請眾人走進大廳。

這桃園客廳的擺設很簡單，幾張坐榻，正中央是一副半高的床榻。鄧稷肅手，請眾人落坐。

「阿福，這幾位好朋友是……」

不等曹朋開口，典韋呼的起身，一拱手道：「鄧節從，久仰大名。我叫典韋，阿福是我的救命恩人。」

「在下，夏侯蘭！」

鄧稷一怔，「典韋？」

也許很多平民百姓不知道典韋何人，但鄧稷久為胥吏，過往公文大都需經過他的手處理，知道典韋的名字，倒也不算稀奇。誰讓典韋的名聲響亮，濮陽一戰天下聞名，又出任曹操宿衛，公文中提到他，也是很正常的事情。只是，鄧稷一下子，沒能把典韋和惡來聯繫一處。

畢竟典韋是曹操的愛將，而曹朋……

不過曹朋一見典韋自報家門，也明白不好隱瞞。

「就是曹公帳下，武猛校尉！」

「啊？」

鄧稷倏地瞪大眼睛，盯著典韋看了半晌，蒼白如紙的面膛上，顯出一抹笑意，「原來是典校尉當面。我家阿福這些日子，定然麻煩不少……恕鄧稷身體不適，不能大禮感激，見諒！」

典韋說：「鄧叔孫何必這樣客氣？阿福確是我救命恩人，這些日子倒是託他照顧，典某才能倖免一死。我常聽文長和阿福提起你，今日一見，果然非凡。咱們自己人，莫再客套了。」

鄧稷扭頭看了曹朋一眼，見曹朋點了點頭。

「姐夫，你怎麼會在這裡，你這胳膊，是哪個混蛋砍的？」

「那個混蛋，已成了虎頭槍下亡魂。」鄧稷說著，輕輕咳嗽了兩聲，而後抬起頭，對魏延說：「未能救出唐都伯，還累他……鄧叔孫，實在是愧對魏屯將。」

魏延苦澀一笑，「叔孫，都什麼時候了，你還這般客氣。我如今已不是什麼魏屯將，義陽武卒也不復存在。你若是看得起我，就叫我一聲文長。論年紀，你比我大，直呼我名字也行，但還請莫再提及屯將二字。說起來，我還要謝謝你兄弟，那日若非阿福，我已早死……」

雙方把當日發生的事情，詳細的說了一遍，不由得都是一陣唏噓。

「若不是我心軟，讓馬玉那些人加入，也許就不會發生這種事情。當時阿福還怪我心慈手軟，我卻覺得他有些過於嚴厲。可現在看起來，阿福果然沒說錯，我還真是那愚蠢的農夫！」

說罷，鄧稷輕輕搖頭。

「叔孫，這事情怪不得你。就算你當時不求情，那馬玉沒有混進來，也會有張玉、李玉、王玉……也是我太過相信魏平，沒想到他利令智昏，竟與外人勾結，謀害自家兄弟。若非阿福兄弟殺了他，落在我手中，必將其千刀萬剮，否則難消我心頭之恨。」魏延說著，不禁咬牙切齒。

「姐夫，你們怎麼會在這裡？」

「這說起來，可就話長了……」鄧稷看了一眼曹朋，僅存的一隻手，拍了拍他的肩膀，「多虧了虎頭，如果不是他，我現在已屍骨無存。」

「虎頭哥……」

王買一把攔住了曹朋，「阿福，休要說那些生分的話，你不是說過，一世人兩兄弟，咱們是兄弟，我只是盡我本份而已。那天我帶著姐夫從營地殺出，狂奔一夜，大黑也累死路旁。幸虧遇到了仲景先生，救了姐夫的性命。如若不然，我這一輩子，都沒有臉再去見你……」

「仲景先生？」

「就是張機張太守啊！」王買輕聲道：「這桃園就是張先生的居所，他得知我和姐夫的身分之後，便把我們安排在了這裡。」

「如此說來，你們沒有回家？」

王買神情一黯，搖搖頭，沒有說話。

曹朋心裡頓時生出不祥之兆，他一把攫住王買胳膊，「虎頭哥，家裡是不是出了什麼事？」

「阿福！」一旁鄧稷開口，擺擺手，示意曹朋冷靜下來。

曹朋這時候心思都亂了，腦袋裡亂轟轟的，快變成了一鍋粥。他深吸一口氣，在鄧稷身旁坐下，努力平穩心緒，想要讓自己冷靜下來。

「我們在這裡安置下來後，虎頭曾試圖過河去聯繫爹娘和你姐姐。沒想到，在路上被鄧範攔住，說咱家附近有很多陌生人遊蕩。鄧才又回來了，還接替了我佐史之職，監視家中。」

「啊！」

「前日，鄧範傳來消息，說蒯縣令帶人抓走了爹娘，還有你姐姐。如今被關在棘陽大牢。」

曹朋瘦削的身子，劇烈的顫抖著。牙齒，咬破了嘴唇，鮮血順著嘴角流出，而他卻好像全無覺察。

「阿福，之前我正和姐夫商議，闖棘陽大牢，營救叔父、嬸嬸和姐姐呢……」

剎那間，曹朋明白了鄧稷先前那句話的含意。

父母妻子被抓，鄧稷也不想獨活。他已決意闖大牢，哪怕是死，也要和家人死在一起。然則曹朋若沒有回來，還能保住曹家一條血脈。可他現在回來了……和送死又有什麼區別？

怪不得，姐夫說我不該回來！

一股熱血，直衝頭頂，內腑氣血振盪，曹朋渾身好像被烈焰焚燒。

他忽然起身，握緊了拳頭，仰天一聲厲嘯。

「黃射，我與你誓不兩立！」

章六 冷靜

站起身，曹朋就往外走。

「阿福，你幹什麼？」

「我去找黃射，他要對付的是我，和爹娘還有姐姐沒關係，我找他，讓他把爹娘還有姐姐放出來。」

鄧稷長身而起，「虎頭，攔住他！」

不等王買動手，典韋和魏延已經衝過去，一左一右架住了曹朋的胳膊。兩人的個頭都很高，以至於曹朋整個人都被架空起來，不停的彈騰雙腿，掙扎著扭動身子。

「放開我，我去找黃射理論！」

鄧稷快步走上前，抬手一巴掌抽在了曹朋的臉上。

「你是去理論嗎？你這是送死……你以為你去了，黃射就會放出爹娘還有你姐姐嗎？他們那些人，又豈會在乎旁人的性命。你這麼跑過去，就算是死了，黃射也不可能放過他們。」

「為什麼？他只是針對我而已。」曹朋梗著脖子，大聲質問。

鄧稷冷聲道：「你難道沒聽說過，斬草除根嗎？」

若曹朋死了，曹汲夫婦就會面臨喪子之痛，結果又會怎樣？黃射不會害怕曹汲他們，但也不會介意殺了他們，避免日後的麻煩。

鄧稷說：「你一日不出現，爹娘，還有你姐姐，以及你姐姐肚子裡的孩子，還能安全。可只要你一出現，爹娘他們的性命，就難以保住。你去找黃射，是要救爹娘，還是害他們？」

「我……」

曹朋心裡，好像有一塊大石頭，堵住了呼吸。那種憋屈的感覺，令他格外痛苦……

一頓足，他大叫一聲，蹲在一旁。

生也不是，死也不是，那該如何是好？

典韋和魏延退到了旁邊，默默的看著一臉痛苦之色的曹朋，卻不知道該說些什麼話安慰。

鄧稷說的不錯，曹朋不出現還好，一出現，就等於令家人喪命。

魏延大體上也知道這件事的來龍去脈。他也想殺黃射，不過和曹朋相比，魏延明顯多了份冷靜。

鄧稷長出了一口氣，疲乏的坐在床榻上，閉上了眼睛。他本已做好了一死的準備，可曹朋的突然出現，讓他不得不改變主意。典韋、魏延、還有那個帳房先生夏侯蘭，都不是等閒人。

再算上自己這邊的王買……

這麼多人在一起，也許能放手一搏？

在大局觀上，曹朋有著穿越者的先天優勢，的確是無人可以比擬。可若要說謀劃細節，曹朋卻比不上鄧稷。常年在公房裡廝混，鄧稷如果沒有一些真本事，又豈能坐得穩呢？

「阿福，你先別急！」他單手輕揉面膛，努力保持一分清醒，思忖良久，鄧稷沉聲道：「鄧範那邊傳來消息，蒯正雖抓走了爹娘他們，卻並沒有苛待。這說明，蒯正也是迫於無奈，不得已為之……只要他還在棘陽縣，那爹娘還有你姐姐，暫時也不會有什麼危險，咱們可以從長計議。」

「怎麼計議？」曹朋抬起頭，雙眸通紅，聲音也顯得很冷。

鄧稷冷冷看了曹朋一眼，「自己先冷靜下來，等你什麼時候冷靜了，再來商量救人的事。」

曹朋低下了頭。他現在的確是很難冷靜，於是起身走出客廳。

王買想跟著一起過去，卻被鄧稷攔住，「虎頭，別去，讓他一個人好好去想想，會冷靜的。」

「可是……」

「別擔心，他能控制住自己。」

既然鄧稷這麼說了，王買自然也不好再跟過去。

其實，他對曹朋的信心，甚至勝於鄧稷。之前曹朋對他說，曹操必敗！而今，曹操真的敗了，還如曹朋所說的那樣，撤出南陽郡……這種未卜先知，料事如神的本領，王買怎能不信服？

他相信，只要曹朋能冷靜下來，一定能想出好辦法。

鄧稷也是如此，同時這心中，又多了些希望！

曹朋在一棵古桃樹下，找到了一口水井。

他打了一桶水，洗了洗臉。冰涼的井水，使得曹朋那昏沉沉的腦袋，一下子變得清醒許多。

黃射讓蒯正扣押曹汲夫婦，其目的無非是等曹朋上鉤。可他能等多久呢？

隨著宛城戰事平息，張繡和劉表重修盟約，九女城大營的任務，就只剩下輸送糧草一件事情。換句話說，黃射不可能長久待在九女城大營，早晚會返回江夏。

畢竟，黃家的根基是在江夏郡。讓黃射長久留在南陽郡，不現實……也不符合劉表的利益。

一俟黃射調離，他會怎樣做？

無非兩個辦法：帶走曹汲夫婦，或者就地處置。

「娃娃，冷靜下來了嗎？」

一個蒼老的聲音，打斷了曹朋的思路。

抬頭看去，只見一個皓首老人，正從不遠處的馬廄中走出來。

記得鄧稷和王買，都稱呼他做茂伯。曹朋也不敢失了禮數，畢竟人家收留了他們，而且張機還是鄧稷的救命恩人。只這份恩義，曹朋就不能失禮，於是連忙拱手欠身，喚了聲：「茂伯！」

「你師父是誰？」

「啊？」

「虎頭那小子練的一手好功夫，說是你教給他的。我就想知道，你的師父，又是哪一個？」

只這一句話，就讓曹朋不得不對茂伯另眼看待。

「娃娃，別怕，我只是有些好奇而已。」

說著話，茂伯也打了一桶水，洗了洗手，然後輕輕舒展身子，猛然雙手抱月，口中發出一聲低沉咆哮。

剎那間，曹朋能感受到一股強大的壓迫力從茂伯身上發出。佝僂的身子，突然間變得格外雄壯，體外隱隱流轉著一道強大的血氣，只讓人有些喘不過氣來。

這種感覺，曹朋在典韋身上也領教過。但他可以肯定，典韋沒有茂伯的這種血氣強大。

茂伯雙手抱月的姿勢很古怪，乍看不見什麼特殊，但細一看，卻能感覺到好像一頭野獸。眸光閃閃，茂伯呼出一口氣，聲如悶雷。

他慢慢的收手，似笑非笑的看著曹朋道：「有沒有看出什麼？」

也就在茂伯開口的同時，那股迫人的氣勢，頓時消失。同時，體外的血氣，也不見了蹤跡。

曹朋的腦海中，突然間閃現出前世老武師的一段話。

「人言天下武功出少林……都是狗屁！少林幾多年，華夏又幾多年？老祖宗們茹毛飲血，和天地搏鬥，求取生存，靠的是什麼？自有史以來，戰事不絕，殺戮不斷，難道用的是潑婦打架的手段嗎？一群投機之輩，好大口氣！」

老武師還告訴曹朋，技擊之法，故而有之。先人們在與大自然的搏鬥中，創造出各種神奇的技擊之術。其中又有擬獸功法，其效果和後世的樁功相似。模擬各種野獸的動作，結合黃帝內經等經典著作，創造出殺傷力極強的技擊招數。或延命，或養身增力，或練氣，或強壯神魂……

「擬獸拳？」

茂伯眼睛一亮，笑容更甚。旋即，他佝僂著腰，轉過身，往外走，「娃娃，孟軻言：天將降大任於斯人，必苦其心志，勞其筋骨。世上一切苦難，皆上天所安排的磨練。莫氣餒，莫悲傷，既認準方向，只管大步前行！若遇到阻攔，踢開就是……呵呵，他日若遇到你師父，就說巴中米熊向他問好。」

巴中，米熊？他不是叫做茂伯嗎？就算他姓米，這『熊』字又作何解釋？不過，他剛才那動作，還真有點像一頭蒼熊……慢著，莫非他擬獸，就是模擬蒼熊之術嗎？

曹朋一頭霧水，卻沒有追上去詢問。他心裡清楚，茂伯一定是有故事的人……他既然不願意說，那就算追上去問，也沒有用處。

曹朋搔搔頭，轉身往客廳走去。

冷靜

看曹朋走進來，鄧稷沉聲問道：「阿福，冷靜了沒有？」

「姐夫，我已經冷靜下來了……咱們還是商量一下，如何解救爹娘他們出來。我剛才有了一點想法，想和你說說。」

鄧稷滿意的點點頭，示意曹朋坐下，「典將軍，你看，他這不就好了嗎？」

典韋笑了，沒有吭聲。

想來，在剛才他們已進行了一定程度的交流。

鄧稷輕咳兩聲，有些疲乏的靠在床榻上，「阿福，在商議事情之前，還有件事要與你知。」

曹朋一怔，「什麼事？」

鄧稷臉上露出一抹奇怪的笑容，「虎頭幫你打聽了一下，涅陽張家，舉族上下，並無一個名叫張碩的女子。叫婉貞倒是有一個，不過不姓張，而且已年過四旬，是仲景先生的庶母……」

「啊？」曹朋聞聽，不由得愣住了！

難道說，自己見到的那個張碩，是女鬼嗎？

看著曹朋一臉的愕然，鄧稷的心情突然輕鬆了許多。

這些天，他不僅要承受身體上的痛苦，還要承受來自精神上的壓力。雙重重壓，讓鄧稷有些快撐不住了，而就在這時候，曹朋回來了。別看曹朋年紀小，但在家中，他已不知不覺地擁有了不小的地位。至少，當鄧稷看到曹朋的時候，他精神上的壓力，一下子就舒緩許多。

自從曹朋來到棘陽之後，鄧稷就看他一副老成穩重的模樣。

如今心情舒緩了，竟忍不住產生出戲弄之意，而曹朋流露出的那副茫然，也正是鄧稷所想要看到的表情。他臉上的笑容，也隨之變得更加古怪。王買捂著嘴，不住的抽搐，憋得很難受。

「好了，說正事！」鄧稷話鋒一轉。

典韋、魏延和夏侯蘭，也都看出了端倪！見曹朋氣急敗壞的樣子，也都忍不住大笑起來。

鄧稷笑得很開心，蒼白如紙的面膛，多了幾分血色。

「虎頭，還是你告訴阿福吧。」

王買笑得不行，聽鄧稷說話，這才止住笑聲，在曹朋身旁坐下，「姐夫醒來後，得知為仲景先生所救，便讓我打聽一下張小姐的狀況。我開始是找茂伯打聽。聽說他是仲景先生當年為長沙太守時的親隨，雖非張氏族人，但地位很高。茂伯沒聽過張家小姐的名字，我於是又從其他途徑打探消息……」

「然後呢？」

「前兩日，我與茂伯閒聊時，他提到了一樁事。年前時，曾有江夏名士黃公承彥駕臨涅陽求醫，同行的還有黃公之女，名叫黃碩，字婉貞，又名月英，小名阿醜，就住在這桃園中。」

「啊？」曹朋再一次呆愣住了。

黃·月英？不就是大名鼎鼎的諸葛夫人嗎？

三國演義中，倒是沒有很詳盡的介紹過黃月英，但在野史裡，黃月英的才能，甚至不輸諸葛亮。月英、阿醜、婉貞……如今細回想，張碩好像從頭到尾都沒有說過她是張家人。由於後世流傳的黃月英，是個醜陋女子，所以曹朋也從一開始，就沒有把笑靨如花的月英，和大名鼎鼎的諸葛夫人聯繫到一塊去……

聰慧，長於機關之術！

除了長相不太吻合，其他的，似乎和野史中黃月英的形象，大致一樣。

張婉貞，就是黃月英！

曹朋有點反應不過來了……

「另外，還有一樁事。」鄧稷笑容收起，露出一抹關切之色，對曹朋說：「黃公承彥，乃江夏黃氏族老，同時和江夏太守黃祖一母同胞。黃公年長，黃祖為弟。不過黃公與黃祖性情不同。

黃祖工心計，長謀略，趨炎附勢且性情暴躁；黃公則好黃老之術，性情淡漠，喜山水，好與飽學之士結交。也正因為這原因，黃公並沒有出仕……黃射與黃碩，是從兄妹。」

好像被一擊重錘擊中，曹朋懵了。

「高門不與庶族通婚，除非你願意入贅……黃射之所以千方百計要害你，並不是因男女之情，而是擔心你和黃家小姐交往，會玷污黃氏門風。這種高門臉面，猶甚於奪妻之恨！」

鄧稷畢竟是土生土長於這個時代，對這個時代的種種陳規陋俗，遠比曹朋體會的更加深刻。他很是擔心，曹朋和黃射撕破面皮，他日若知道黃月英的真相，會受到打擊。與其到以後告訴他，不如現在就和他說清楚。

家人、女人……鄧稷希望借由這樣一種二選一的選擇，讓曹朋忘卻黃月英的事情。因為他很清楚，在這種時候，黃家和曹朋已沒有寰轉餘地。

鄧稷是這麼想，但別人卻未必這麼認為。

典韋和魏延，皆寒門出身，哪裡會在意什麼高門大閥？

聞聽鄧稷說話，又見曹朋神情恍惚，典韋忍不住高聲大笑。

「君明，何故發笑？」鄧稷一蹙眉，有些不高興的問道。

章六 冷靜

典韋擺擺手，站起來走到曹朋身邊，一屁股坐下，「阿福，可是怕了？」

「怕什麼？」

「黃家啊……江夏黃氏，好大的名頭。」

曹朋一抬頭：「我怕他個鳥！」

典韋撫掌笑道：「沒錯，黃家就是個鳥，怕他作甚。他黃射要臉面，咱兄弟就不要臉面了嗎?他為臉面做得初一，兄弟也可以為臉面做得十五。要我說，這樣也好！咱們今天殺了黃射，來年馬踏江夏，搶了他黃家的女人。到時候且看他江夏黃家敢放一個屁出來，我就陪你殺上門去，殺得黃家低頭，乖乖的把女兒送過來。呵呵，大丈夫快意恩仇，快哉，快哉！」

言語中，透出了典韋的豪氣，也體現出他那性情。

殺黃家的男人，搶黃家的女人……

曹朋腦海中陡然迴響茂伯之前的話：大丈夫既然選定目標，應大步向前。但有阻礙，踢開就是。

黃射，就是那個阻礙……

想清楚這些，曹朋也不禁放聲大笑。

「殺他家男人，搶他家女人，此人生之大快事。」

也許，曹朋並沒有覺察到。他雖然僅重生於這個時代四十餘日，他的思想已不知不覺被這個時代所同化。

鄧稷沒料到，他一番苦心，被典韋一句話，扯得全然變味，不禁蹙了蹙眉，心裡嗒自一聲苦笑：以後可不敢讓阿福和這些傢伙走的太近，弄不好將來連媳婦都找不到……

不過，這麼一打岔之後，客廳裡的氣氛，頓時變得好轉許多。

這時候，鄧範也找上門來。

曹朋這才知道，鄧範來這裡用的並不是本名，王買和鄧稷，在人前只喚他小名『大熊』。這也是曹朋提起鄧範大名時，茂伯全然不知的主要原因。

曹朋又是一番感謝，而後和鄧範一同坐在客廳。

正月初五，張繡和曹操議降，使得南陽郡劉表治下，頓時變得緊張起來。當時的情況是，如果曹操兵不血刃的奪去了宛城，整個南陽郡都將面臨曹軍的威脅。九女城大營隨之進入備戰狀態，臨近的幾個縣也都開始緊鑼密鼓的徵召鄉勇，做出隨時參戰的準備……

棘陽縣，同樣要徵召鄉勇。

由於春耕時節，為不影響農活，蒯正下令一戶抽一丁。

本來，應該由鄧巨業應召，沒想到鄧巨業在新年後，就病倒在床榻上。而徵召令又來的很緊急，鄧範不忍鄧巨業帶病應徵，於是代父從軍，成為棘陽縣治下鄉勇。

「我娘說，做人需知感恩。當初我遊手好閒，村子裡都不喜歡和我玩耍，唯有阿福兄弟和王買兄弟接納了我，這份恩情，不能不顧。我娘還說，阿福兄弟吉人天相，一定不會有事，早晚會飛黃騰達。當時情況不太好，我娘就讓我暗自照拂。說有朝一日阿福兄弟回來，也就是我出人頭地的時候……」

鄧範憨厚的解釋，倒是讓曹朋不禁感慨，這洪娘子的道義。

「縣城裡情況如何？」

「其實也算不得太壞，曹軍敗退之後，基本上已經平靜下來。如今還設立關卡，說是因為阿福兄弟的原因，其實蒯縣令更多的是害怕從宛城敗退下來的潰軍。」

「蒯正，倒是個好官。」曹朋忍不住感慨。

鄧稷點頭，目光清冷，蒼白的臉上看不出任何情緒的波動。他扭頭對曹朋道：「阿福，你怎麼看？」

曹朋想了想，「黃射不可能久留九女城，如今宛城戰事平歇，他早晚會返回江夏。他要對付的是我，如果我一直不出現，他無非兩個選擇。一是放了爹娘，二是將爹娘殺了，徹底斷了我和黃月英的情分。依我推測，第二種可能更大……只不清楚，他究竟會怎樣下手。」

鄧稷滿意的點點頭，「你和我想的差不多。其實黃射要殺爹娘，無非是在縣城裡，或者是到九女城再下手。以我對蒯正的瞭解，他也許會迫於無奈，緝拿爹娘和你姐姐，但絕不會同意黃射在城中下手。蒯正也算個有原則的人，黃射如果真敢觸犯他底線，我估計蒯正會和黃射撕破面皮。」

「那就是說，黃射會派人來，押解爹娘他們？」

鄧稷沉吟片刻，「十有八九如此。大熊，這兩日還要煩勞你一下，幫忙盯住縣城裡的動靜。一旦有什麼異常狀況，你就盡快來稟報……若一時間脫不開身的話……夏侯將軍，可否煩勞你呢？」

典韋的外貌太搶眼，不好出頭，魏延也是在九女城排得上號的人，肯定會有人認識；而曹朋、鄧稷和王買，更不可能輕易拋頭露面。如此一來，似乎能出去和鄧範接頭的人，就只剩下了夏侯蘭一個人。

夏侯蘭不是本地人，所以沒有人認識，雖說他一口北地口音有些突兀，不過鄧範已經給他編排好了身分，弘農楊家的管事先生，於是乎，夏侯蘭不得不再一次改名為楊蘭。

他外貌清秀，很有書生氣概。再略微一化妝，基本上不會引起什麼人的關注。

夏侯蘭苦笑道：「這可是最後一次了。如果再改名的話，我夏侯蘭可就要變成三姓家奴了。」

曹朋噗的一口水噴出……

章七 認清自己的身分

和往常一樣，鄧範按時當值，在南就聚附近巡邏。

由於時局已逐漸明朗，曹操退兵，張繡和劉表重新結盟，棘陽隨之也就恢復了往日的寧靜。蒯正雖然沒有解除徵召令，可相比之下，已經放鬆了很多。

鄧範顯得很清閒，隨著大部隊巡邏，然後在縣城裡晃蕩一下，到縣衙外的酒肆裡喝一碗酒，有意無意間和酒肆裡的客人們，認識的也好，不認識的也罷，哈啦兩句，順便沾點便宜。然後，便心滿意足的回家，看上去是那樣自然。

大約是在桃園重逢之後的第三天，也就是建安二年正月十四。

元宵節就要到了，棘陽縣城裡也開始變得熱鬧起來。倖免於戰火之外的棘陽人，個個興高

章七 認清自己的身分

采烈的準備度過這個元宵節。

新年時，他們過得並不是特別安生。隨時可能受到戰火波及的威脅，讓棘陽人這個新年過得是提心吊膽。現在好了，終於可以安安生生度過元宵節了……

鄧範交了差，慢悠悠的往縣城走。

可是在棘陽城外，他卻意外的發現，不知什麼時候，駐紮了一支兵馬。

「這是哪裡來的人？」

馬黑子看了一眼小小營盤，嘴巴一撇，「還不是九女城過來的人。」

「九女城？不是說州牧大人和小張將軍已經達成結盟，怎麼還派人過來？難道要開戰嗎？」

「呸！」馬黑子連忙擺手，「你這傢伙可別亂說，如果真要開戰，也不至於只派來這一隊人馬……他們是昨天晚上抵達的，據說是要押解鄧叔孫一家人去九女城。哼，鄧叔孫也真是倒楣，人死了，連家眷也保不得平安。聽說他那媳婦懷了身子，這要是出事，可是一屍兩命。」

鄧範聞聽眉頭一蹙，「對了，知道這些人的主官是誰嗎？」

「誰？」馬黑子一副神神祕祕的模樣，伏在鄧範耳邊道：「我早上當值的時候，看到馬玉進城了……媽的，這小子也真是命好。都成了苦役，也不知怎麼就翻身了！看他那打扮，可是官軍，至少也是個都伯。以前見到老子，他得乖乖的過來打招呼，結果早上連看都不看老子，鼻子孔快朝天了……」

「你說也真他娘的怪，鄧叔孫一倒楣，鄧才這一家人，立刻就走了鴻運。你看鄧才，屁大的本事沒有，如今也成了佐史，昨天還踹了老子一腳……要不是老子有急事，非抽那傢伙不可。鄧叔孫在的時候，那小子像狗一樣。現在……你們說，老子怎麼就遇不到這種好事呢？」

馬黑子人緣挺好，不過喜歡說大話。其他的人也就聽聽罷了，忍不住齊聲笑道：「馬黑子，你少在這裡吹大氣，有本事你現在就去抽他。」

「黑子，聽哥的話，以後說話小心點。現如今鄧才一家人氣運正足，你剛才那些話如果傳到了他耳朵裡，那可就麻煩了。」

「他敢！」

馬黑子一瞪眼，不過明眼人都能看出，這傢伙是聲厲色荏而已。

「黑哥，你們先去吃酒，我突然想起來，還有點事情要做……你們等我，我隨後就過來。」

「小小年紀，毛都沒長齊，哪裡來的這麼多事情？莫不是看上了老王家的媳婦？」

老王家的媳婦，是個寡婦，在縣衙旁邊開了一家酒肆……就是鄧範每天都會去喝酒的那家！

認清自己的身分

王娘子的年紀，也就比鄧範大了兩歲而已。人長得很漂亮，特別是那一雙眼睛，宛如秋波，非常撩人。許多酒客去她家酒肆喝酒，說穿了就是衝著那漂亮的小寡婦。不過，王娘子倒守身如玉，長相雖溫婉，可性子卻火辣。

馬黑子等人都以為，鄧範是看上了王寡婦。

而鄧範也不和他們爭論，只呵呵笑了一聲，便拱手告辭，匆匆離去。

「大熊最近怪怪的！」

「廢話，被小寡婦吸引住了，能不怪嗎？馬黑子，你他娘的還是管好自己的嘴，少操那閒心。」

一幫人說說笑笑，便走進了縣城。

馬玉的確是回來了！

而且，他這次回來的身分，可不是一個苦役，而是九女城大營的都伯。

他運氣好，夕陽聚雖未能真的幹掉鄧稷曹朋等人，可是卻除掉了義陽武卒。本來，魏平因為不服氣魏延，所以早就存了反心，因此抵達九女城的第一天，魏平便毫不猶豫的投奔了陳就。

黃射想要殺曹朋，陳就想把魏平扶起來，順手接受義陽武卒，於是一拍兩合，就有了夕陽聚的那一場兵變。馬玉，不過是黃射手裡一枚微不足道的棋子而已。

在弄清楚了馬玉和鄧稷之間的矛盾以後，黃射便密令魏平和馬玉聯繫，共同謀劃……

沒想到，魏平居然死了？

陳就雖得到了義陽武卒的力量，可是卻發現，這支武卒，已非原來那支戰鬥悍勇的義陽武卒。所以，他也就沒了早先的心思，於是便把馬玉提拔成了都伯，讓他自領一隊人馬。

所謂春風得意，衣錦還鄉，大致上就是馬玉此時的心境了。

他以一個罪犯的身分，被發配九女城。哪知道一轉眼，便鯉魚躍龍門，成了正經的軍官，而且還是一隊都伯。心中這份得意，自然是不足為外人道。

回到棘陽，他便找到了鄧才。

「小玉，你怎麼回來了？」鄧才乍見馬玉，也是格外驚喜。

馬玉說：「姐夫，我回來了！」

說這句話的時候，馬玉很明顯的有一個顫抖的動作。兩人相視片刻，突然上前，緊緊擁抱在一起。

章七

認清自己的身分

兩個生活在最底層的小人物，從巔峰到谷底，從谷底到巔峰，不過短短一個月。

這一個月裡，他們都經歷了太多、太多……

「走，到我公房說話。」鄧才拉著馬玉，逕自來到屬於他的公房之中。

在此之前，這間公房的主人，是鄧稷。鄧稷被征辟九女城之後，蒯正就把鄧才給招了回來，接替鄧稷的事情。

蒯正這麼做，也是沒辦法的事情。畢竟，鄧才不管怎麼說，也算是他蒯家的人。

鄧才和馬玉，互訴離別之情。兩人把彼此的遭遇，都一五一十的說了一遍。

馬玉道：「鄧叔孫以為自己有個妻弟被龐門看重，便不知輕重，得罪了黃兵曹史。他也不想想，憑他的身分和地位，哪裡是黃兵曹史的對手？你看，黃兵曹史一出手，連鹿門山也沒有出面。鄧叔孫如今下落不明，估計是死了……黃兵曹史讓我過來，押解鄧叔孫一家人。」

說完，他從懷中取出一枚令符，遞給了鄧才。

鄧才的細目眯成了一條縫，從眼縫中，閃爍出一抹陰冷的光芒。

「鄧叔孫兄弟，真的死了？」

「目前還沒找到屍體，但估計是死了……你也知道，這段時間外面有些亂，死個把人，太正常。黃兵曹史馬上就要回襄陽述職，所以命我前來押解鄧稷一家。我估計，他們最後也是死路一條。」

鄧才沉吟片刻說：「不過蒯縣令好像對鄧稷一家挺優待……交接人犯的事情，我這邊就可以處理，但在此之前，還是要問一問蒯縣令的好。早死早了，咱們可別拖得太久，我這就派人呈報縣令。」

「也好！」

鄧才把馬玉留在公房裡，匆匆前往縣衙。

可是，蒯正卻不在縣衙中，據門子說，他出門了！

反正有黃兵曹史的令符，想必蒯正也不會有什麼反對意見。所以鄧才回到公房裡，便簽下了交接令。

「小玉，你什麼時候走？」

「明天吧……我這次回來，還想去拜見一下姐姐。等回去了九女城，我可能要隨黃兵曹史一同返回江夏。以後和姐姐再見面，恐怕就沒那麼容易了……不過，在此之前，我還要好生羞辱一下鄧叔孫的媳婦。當初就是因為她，累得你我兄弟好不淒慘。如今，正可出胸中惡氣。」

鄧才聞聽，不由得笑了：「那曹娘子若打扮起來，可是漂亮得緊呢。」

馬玉哈哈大笑，「等明天上路，就沒機會了……我早就看上了那小娘們兒，如今鄧稷死了，老子就操了他女人，還要當著他丈人的面操。鄧叔孫就算是在九泉之下，也會感激我吧。」

臨了，他還笑著說：「姐夫，要不咱們一起？」

「哈哈哈哈，小玉深知吾心，深知吾心……」

鄧才和馬玉相視，同時淫笑不停。

就這樣，狼狽為奸的兩人，抱著胳膊走出公房，直往大牢行去。

按照鄧才的想法，這大牢如同虛設。想他堂堂佐史，也算是這牢頭的上官，誰敢阻攔他們？

哪知道，在大牢外，鄧才卻被擋了路。

「縣令有命，無他手令，任何人不得擅自出入大牢。」

「混帳東西，看清楚我是誰。」

牢頭面無表情的回答道：「我當然看得清楚，您是鄧佐史。不過，沒有縣令手令，你也不能進去。」

馬玉勃然大怒！

這趟差事如果辦好了，馬玉說不定能獲得更多機會。可現在，未來江夏黃氏家族門下的大紅人，居然被一個區區牢頭給攔住了！

馬玉又豈能善罷甘休？

「老子奉黃兵曹史之命，前來押解犯人。哪個敢攔老子，哪個就是延誤軍機，論罪當斬。」

他的吼聲很大，吸引了不少人的目光。

說著話，馬玉還要拔出兵器，那架勢分明是如果牢頭敢再阻攔，他就會砍了那牢頭的腦袋。

就在這時，大牢內傳來了一個清冷的聲音。

「黃兵曹史？好大的威風！不過，這裡是棘陽縣，不是九女城！」

話音未落，就看蒯正冷著臉，大步從牢中走出來。他走到大牢門口，看了一眼馬玉，突然間露出一抹恥笑之色，「我還當是誰這麼大口氣，原來是個賊犯人。馬玉，你還真囂張啊！」

在普通人跟前，馬玉倒是能張狂一下，可是在蒯正面前，他卻連個屁都不敢放。甚至包括鄧才在內，這會也沒有了先前的張狂。

兩人連忙上前見禮，蒯正卻一甩袍袖，「兩位好大威風，蒯正不敢當呢。」

這句話，說的是咬牙切齒，聽得鄧才和馬玉心驚肉跳。

蒯正這心裡面，正不舒服呢！

他黃射算個什麼東西？不就是靠著他老子黃祖在州牧跟前得寵，狗仗人勢而已。說起來，大家都是世家子弟。蒯正雖非嫡支，但也不見得就比黃射差上太多。可那黃射到了九女城，要人要糧，動輒就是州牧吩咐，全然不把蒯正放在眼裡，這對於蒯正而言，著實有些憋屈。

不過，黃射是嫡支，蒯正是旁支。雖說蒯家未必輸了黃家，也不存在怕不怕的說法，蒯正懷著多一事不如少一事，也沒有和黃射計較。只要在大原則下不觸犯蒯正的利益，該忍也就忍了。

畢竟，兩人在家族裡的地位，不太對等。

可黃射，卻不知好歹。

你讓我派鄧稷過去，我就派過去；你陷害鄧稷，我也不計較，沒必要為個小人物而與你翻臉。到時候，自然會有人和你算這筆帳；你讓我把鄧稷一家抓起來……好，我也沒問題。

可你黃射卻蹬鼻子上臉，居然來信讓我幹掉鄧稷的家人？

你他娘的，把老子當成你黃家的什麼人？

別看蒯正平時很隨和，但骨子裡卻有著大多數世家子弟特有的驕傲。老子敬你一尺，你卻把老子當成了僕從。殺人？很簡單……可我憑什麼要聽你的吩咐？

也是黃射年少氣盛，少了些接人待物的經驗。如果換一個人，至少也會派個人來表示感謝，然後再提出其他要求。可他，卻從未對蒯正流露過半點謝意。

建安年間，禮樂崩壞。漢律已幾近名存實亡，根本不可能有什麼公正的說法。但蒯正學的就是律法，對『法』字，還是很看重。抓曹汲三人，沒問題……但你無緣無故就要我殺了，那就是於律法不合。到時候，我還要向上頭稟報呢。

再者說蒯正也不想做這種惡人。

鄧稷雖然只是一介小吏，可在接觸之後，蒯正知道，這個人是有學問，有才華的……山不轉水轉，萬一鄧稷沒死，到時候鹹魚翻身找上門來，蒯正可就是平白為黃射得罪了人。

還有，鄧稷的那個妻弟，老管家對他的評價不低。

龐家到現在也沒有吭聲，其實未必就是怕了。龐季龐元安在年初病倒，生命岌岌可危，所以龐家也顧不得其他事情。但等人家騰出手來，龐德公會和自己善罷甘休嗎？

老龐家在荊襄盤根錯節的實力，甚至比黃氏更甚一籌。

蒯正今天來大牢，其實是想告訴曹汲一家人外面的狀況。他求個心安，明白的告訴曹汲，不是我想要對付你們，而是黃射要對付你們……而且，黃射已動了殺心，若你們死了，也別怨我。

有什麼未了的事情，或者有什麼遺言，我能幫你們，一定不會推辭。

事實上，蒯正是想要從曹汲一家手中得一個護身符。不管鄧稷也好，曹朋也罷，萬一這兩個人哪天殺回來了，自己至少能給一個交代不是？免得到最後白白給黃射當了替死鬼。

曹汲一家三口，倒是顯得很平靜。

這讓蒯正的心裡，更感壓力……

出門，正好聽見馬玉張狂的言語，蒯正頓時就怒了！

黃射壓我一頭，我也就忍了。你馬玉鄧才，又他娘的算哪根蔥？

鄧才顫聲回答：「啟稟縣令，馬玉現在是九女城都伯。」

他的意思是想說，馬玉是奉命而來，並不是想要得罪您。可他這一開口，讓蒯正更怒了……

上前一步，抬手就是一巴掌，狠狠的抽在了鄧才的臉上。

「混帳東西，本官何時許你說話？」

「蒯縣令，你……」

馬玉直起身子，剛要說兩句場面話。不想蒯正看都不看他一眼，反手又是一記耳光，抽在馬玉的臉上。

「一個小小的都伯，也敢在我面前張狂？信不信本官現在取了你狗命，看黃射會不會為你出頭。」

馬玉心裡一震。他立刻意識到，自己似乎有點得意忘形了！

蒯正打了兩人一記耳光，心裡舒坦了不少，他冷冷道：「鄧才，你們來這裡有什麼事情？」

鄧才半邊臉被打得紅腫，好像饅頭似的隆起。聽到蒯正發話，他這才敢上前，顫聲道：「回稟縣令，今九女城都伯馬玉前來，奉命押解囚犯曹汲一家三口。小人這邊，已簽了公文。」

「拿來我看看！」

蒯正神情淡然，接過了公文，看都不看，兩三下把公文撕成碎片，狠狠摔在了鄧才的臉上。

「鄧伯孫，你這些年都活到了狗身上嗎？這裡是棘陽縣，本官未簽署，你又有什麼資格簽署公文？給我滾回去，重新撰寫，呈報到衙門裡。還有你，立刻滾出城去，休要讓本官看見。」蒯正手指馬玉，厲聲喝罵。

馬玉和鄧才灰溜溜的走了！

蒯正這才算是舒坦了一些，看著兩人的背影，啐了一口唾沫。

「也不看清楚自己是什麼東西，也敢在本官面前撒野？」

說著，他轉身往縣衙裡走，老管家緊隨在蒯正身後，搖了搖頭：這鄧才還是爛泥糊不上牆的東西。比起鄧稷來，他太容易得意忘形，太容易忘了自己的身分。將來成就，只怕有限！

人群中，鄧範一直默默的觀看。

待圍觀眾人散去之後，他看著鄧才和馬玉的背影，突然冷冷一笑，轉身大踏步走進了酒肆。

只是，就在鄧才離開的時候，一群站在街角陰影中的男子，也在竊竊私語。

「看到了沒有，那兩個傢伙是來押解渠帥要救的人。」

「嗯！」

「頭領，那咱們該怎麼辦？」

這夥人看打扮，好像是行商的商販，不過有幾個人的口音，一聽就知道不是南陽郡人。為首的，是一個黑面長身，板肋虬髯，相貌雄武的男子。看個頭，大概有一八五左右，在一群人當中，更顯得格外挺拔。他身著一件灰色襜褕，頭紮黑色綸巾。背後還背著一個包裹，沉甸甸，似乎頗有份量。

「看起來，在城裡動手可能性不大。狗官盤查的挺嚴格，城裡城外六百鄉勇，隨時可以投入戰鬥。如果咱們要硬來的話，傷亡勢必很大，而且不一定能救出人來。我正為此事發愁，那些官軍卻送上門來……左丘，你留下來打聽一下官軍的情況。看他們具體什麼時候出發。其他人，立刻隨我出城，把情況告知渠帥。左丘，你一打聽出消息，就立刻通知我們，咱們就在路上，把人解救下來。」

眾人聞聽，齊聲答應，旋即便分散開來，向棘陽城外行去……

章八 龍潭

當晚，鄧巨業趕著一輛馬車，悄然駛入桃園。

鄧稷帶著曹朋在庭院中相迎，看著從車上走下來的洪娘子，兩人不約而同，上前就是一揖！

這一揖，不為別的，只為鄧巨業夫婦在曹汲一家危難時，挺身相助。

說實話，當時洪娘子求曹汲，讓鄧範跟著曹朋他們一起習武，曹朋心裡還有些看不上洪娘子。但如今，他一家落難，沒有人再去理睬。可洪娘子這一家人，仍幫他、助他……上到鄧巨業洪娘子登門，下到鄧範在棘陽臥底，這一家子的恩情，曹朋不知道該如何報答。

想當初，他也只是應付一下鄧範，可現在，看人一家子的表現，曹朋都覺得有些不好意思。

「阿福啊，你可千萬別擔心。人這一輩子，就是起起伏伏。嬸子相信，你是個做大事的人，一定不會出事，曹兄弟一家都是有大造化的，肯定會渡過今天的磨難，到那時候一定時來運轉。」洪娘子一手拉著曹朋的胳膊，一手攥住鄧稷的手臂。

「承嬸嬸吉言！」

曹朋和鄧稷相視一眼後，再次躬身，深施一禮。

「剛大熊讓人帶了話，說明天一早，馬玉會押解曹兄弟三人上路。縣衙也要派個人隨行，所以大熊就報了名，今晚就留宿城裡，明天一早出發。他說有他在，也能護著你爹娘周全。」

「大熊隨行押解？」

曹朋和鄧稷相視一眼，實在不知道，該怎麼感激對方。

鄧巨業甕聲道：「叔孫，你丈人留在我那裡的東西，我給你帶來了。」

「東西？」

鄧稷一愣，和曹朋上前，掀開車簾往裡面一看，就見一個風箱，靜靜的擺放在車上。除此之外，還有幾個包裹，看上去好像是洪娘子一家的行囊。

「嬸子，你們這是……」

洪娘子露出一抹羞澀，輕聲道：「阿福，我聽大熊說，你們救出你爹娘以後，不打算再留在棘陽了？」

曹朋點了一下頭。不管救不救得出曹汲三人，他們都不可能繼續留在棘陽。

洪娘子說：「大熊這孩子得有個人帶著，我聽他說，你們這邊有貴人，所以就想著……能不能帶上我家大熊一起走呢？他留在這邊，也難混出頭來，倒不如跟著你，碰碰運氣。」

古時，曾有孟母盼子成龍，三遷居所，這天下父母的心思，都是一樣。洪娘子夫婦的意思很清楚，是希望能跟著曹朋，離開棘陽。

棘陽縣，太小了！

雖然不是很明白洪娘子為何會這麼信任自己，但就是這份沉甸甸的信任，足以讓曹朋無法拒絕。他看了一眼鄧稷，卻見鄧稷，正看著他。

那意思，分明是要曹朋自己拿主意。

「嬸子，蒙你看得起我兄弟，願意隨我一家顛簸流離，曹朋感激不盡。我不說廢話，不管將來如何，只要曹朋在，定不會虧待了大熊。」他鄭重其事，朝著洪娘子一揖，做出了承諾。

洪娘子的臉上，頓時堆滿了笑容。

也許，在許多人眼中，洪娘子是個很市儈的女人，而且還很強勢，只看鄧巨業被她收拾的服服貼貼，就能看出她的手段。但實際上，洪娘子很聰明！她擁有很多女人都不具備的眼光。

當初洪娘子嫁到鄧巨業家裡的時候，鄧巨業家徒四壁。而今，鄧巨業的家業雖說不上有多好，可至少在鄧村，已算得上中等之家。出現這樣的變化，正是因為洪娘子的機靈。

洪娘子瞭解鄧稷。這是個有本事的人，只不過運氣不好，沒有機會去施展才華。

而後，曹汲一家的到來，讓洪娘子更看到了希望。曹朋，一個垂髫童子，居然能得到鹿門山龐家的青睞。鹿門山龐家有多恐怖？洪娘子不知道。可她卻看到，蒯縣令對曹朋一家的客氣。

從那時候起，洪娘子就知道，曹汲這一家子人，將來必有大出息。

她是個認死了，就不會改變主意的女人。哪怕前一陣子曹家落難，許多鄧村人想要落井下石，洪娘子卻始終保持沉默。鄧稷不死，曹朋不死……曹家就不會沒落，那些落井下石的人……

洪娘子年紀雖不算大，可也看到了不少起起落落的事情。

在這一方面，她雖然不是一個男人，卻有著比許多男人更敏銳的直覺。

如今，鄧稷還活著、曹朋也回來了……不但回來了，還帶著幾個夥伴。

洪娘子下車後第一眼，就看到了典韋。別看典韋一身奴僕的裝束，可那種高高在上的氣勢，卻非普通人所擁有。畢竟，那是能和呂布交鋒，身經百戰，殺人無數，為曹操宿衛的武猛校尉。

如果計較起來，那也是秩真兩千石的朝廷大員。

就算典韋自己沒留意，但那氣度，終究不凡。

這是個大人物！老曹家，要發達了……

洪娘子更堅定了她的主意，聽曹朋這番承諾，讓她一下子變得非常舒心。

「好了，咱們該準備一下，好好休息，午夜出發。」

典韋洪亮的聲音響起，眾人紛紛點頭。

曹朋說：「嬸子，叔父，我們現在要去做一樁大事，你們恐怕也沒法子插手。不如這樣，你們先休息，午夜後和我們一起出發。渡河之後，你們一直往東走，大約四十多里，有一座鳳凰嶺，你們就在那邊等我們。待我們把事情做完了，就和你們會合，然後去謀求大富貴。」

一句話，令洪娘子更心安。

鳳凰嶺，後世又名戰台寺。

夜色已深，鳳凰嶺下一座破落道觀中，王猛正坐在篝火旁，靜靜聆聽一個黑面虯髯大漢的彙報。

「……渠帥，按照左丘的說法，明天一早，官軍會押解曹大哥一家去九女城。從棘陽縣城出發，必經過龍潭。那邊地勢開闊，適合咱馬隊衝鋒，到時候咱們從兩下伏擊，打他娘的就是。」

虯髯大漢一口關中腔，不過言語清晰。

王猛說：「老周，打打殺殺，咱從來都不會害怕。可問題是，我得保住我那兄弟一家人的性命。伏擊，雖說也可以，風險卻有點大了……我有個想法，既然是官軍押解，咱們何不扮作官軍？到時候假裝和他們會合，混到隊伍裡，再突然出手。如此不但可以降低兄弟們的傷亡，也方便我保護住我兄弟一家的性命。老周、左丘，你們覺得我這個主意，怎麼樣？」

虯髯大漢一聽，不禁一拍大腿。

「好主意！」他敬佩的看著王猛，「渠帥果然厲害，這樣正可以把那些官軍殺一個措手不及。」

「渠帥，這官軍的衣甲……」

「咱們現在就出發，走一趟育陽縣。那邊夜間有不少巡邏馬隊，到時候搶了他們衣甲就是。」

「那我這就下去安排。」

左丘是個三十出頭的精壯男子，說話做事，頗有些雷厲風行的味道。他在道觀外集結了一幫人，跨上馬，趁著夜色離去。

王猛站起身來，慢慢走出大雄寶殿。

虯髯大漢緊隨他身後，輕聲道：「渠帥，你別擔心。在縣城裡，我看狗官對曹大哥一家還算周全。等明天咱們救出他們，就回土復山去。到時候天高任鳥飛，勞什子黃家有算個甚？」

王猛笑了笑，卻沒有說話。

阿福，你說過會回來……可為什麼，到現在也沒有消息呢？

馬玉和鄧才喝了一夜酒，第二天便到棘陽城門口等候。

卯時，棘陽城門開放，老管家帶著曹汲一家三口，從城裡走了出來。曹汲夫婦看上去，精神還算不差；可曹楠明顯有些萎靡，俏麗面龐略有些慘敗，有點憔悴。三人都是一身褐色囚衣，在五名鄉勇的看護下，走出城門。

「鄧才，你也隨著一起去吧。」老管家淡然道：「縣令說，九女城大營正是用人之際，你才能卓絕，就去那邊做事吧。」

鄧才連忙上前，恭敬的說：「鄧才遵令。」

說著話，他偷眼打量了一下曹汲三人，臉上露出一抹陰森笑意。

「蒯伯，那我們就先啟程了！」

老管家蒯伯顯然不想和他們寒暄，冷冷的應了一聲之後，調頭就走。

「這不是大熊嗎？」

馬玉一眼認出，五名鄉勇之中的鄧範。

想當初，鄧範遊手好閒，馬玉也是縣城裡的青皮地痞，故而也算有些交情。

鄧範連忙訕笑道：「馬大哥，小弟給您問安了……呵呵，這一路上，還請馬大哥多多關照。」

「好說，好說！」

馬玉得意的大笑，見鄧才正準備把曹汲三人上鎖，連忙喊道：「姐夫，不用這麼麻煩……小弟有個辦法，用繩子套住他們的腰，繫死一頭之後，另一頭就繫在我馬上，他們跑不了。這裡有五十多個人，若還讓他們跑了，豈不成了笑話？」

馬玉說著，催馬就到了曹汲的跟前，手中馬鞭敲著曹汲的腦袋，「姓曹的，這法子可是你兒子想出來的，沒想到今天會用到你的身上。放心，咱這一路上，我一定會好生招待你們……」

當初，曹朋為防止馬玉他們逃跑，就想出了一個連環繩套的法子。

馬玉現在得了勢，自然要想辦法還回去。

曹朋和鄧稷下落不明，生死不知，那就只有還給曹汲一家。

一個軍士上前，用繩子套在三人身上，繩索的一頭，就落在馬玉的手裡。

馬玉用力一拉扯，曹汲三人就是一個趔趄，險些摔倒在地上。馬玉看在眼裡，忍不住哈哈大笑。

「走，咱們上路！」

說著話，他縱馬就走，曹汲三人身不由己跟著小跑，看上去非常狼狽。

鄧範一蹙眉，下意識握緊長矛。他緊跑兩步，看似無意的攙扶曹楠一把，壓低聲音道：「姐姐，忍耐一下，馬上就結束了。」

曹楠一隻手輕輕護著微微隆起的腹部，聽到鄧範這句話，下意識的抬起頭，眼中流露出希冀之光。

鄧範點點頭，大聲吼道：「看什麼看，還不走……」伸出手推了一下曹楠，但實際上，卻是扶著她，令她不至於跌倒。

馬玉得意的笑聲，更響。

鄧才也忍不住哈哈大笑，「兄弟，讓我也來過過癮。」

他從馬玉手裡接過繩索，縱馬疾馳。曹汲差一點就被帶翻在地，幸好他常年打鐵，體格還算不差，很快便穩住了身子。

「鄧大哥，慢一點……」鄧範忍不住開口道：「您是四條腿，弟兄們可是兩條腿，跟不上啊。」

鄧才這才勒住馬，笑咪咪的把繩索交給了馬玉。

「哥哥，別急……咱們這半天有得戲耍，慢慢來就是。」馬玉把繩索繫在自己的手腕上，然後大手一揮，「走了，咱們回九女城！」

章九　劫殺

離開棘陽縣的一路上，馬玉和鄧才輪流戲弄曹汲一家人。或是縱馬小跑，讓曹汲一家人不得不小跑著才不至於摔倒，或是突然加速，把曹汲等人摔翻在地……

馬玉和鄧才是開懷大笑，還有隨性而來的九女城官軍，也嘻嘻哈哈，笑個不停。

曹汲咬著牙，竭力的護著張氏和曹楠，一身褐色囚衣在無數次摔倒拉扯中，變得破爛不堪，身上、臉上、四肢傷痕密佈，一道道血痕子更觸目驚心。也幸虧曹楠才兩個多月的身子，如果再久一些，弄不好就會流產。

鄧範雖然一腔怒火，卻只能咬著牙忍耐。暗地裡，或多或少的給予曹汲三人方便，只是看鄧才、馬玉的目光，卻變得格外陰冷。

曹汲一直保持著沉默！

他已經知道，兒子和女婿都沒有死，他們就在前方等候。心裡面有了希望，讓這個雄武的漢子，變得格外堅韌。他一隻手攙扶著女兒，不時還伸出手，扶一下妻子。

他不清楚曹朋目前是什麼狀況，但他知道，曹朋也好，鄧稷也罷……特別是鄧稷，絕不是莽撞之人。

從棘陽到九女城，要走兩三個時辰。似乎連老天也不作美，快到辰時，突然下起了濛濛細雨，一開始，馬玉等人還戲弄曹汲一家為樂。不過一個遊戲玩的久了，他們也就失去了興趣。

「走快點，他娘的你沒吃飽肚子嗎？」

馬玉不停責罵曹汲三人，身上的衣服，被雨絲潤透。

鄧才縱馬過去，就要抽打走的最慢的曹楠。不想被鄧範攔住……

「鄧大哥，別打了。你看她挺著個肚子，能走多快？您要是打傷她，豈不是走的更慢嗎？」

鄧才小眼睛一瞪，「老子殺了她，反正到了九女城，他們還是死。」

話是這麼說，可鄧才還是收了手。

黃射要殺曹汲一家，那是易如反掌。可如果他們動手，可就不太一樣了。他嘴巴裡雖然說沒什麼，天曉得黃射會不會怪罪？鄧才也知道，他昨天惹怒了蒯正。哪怕他和蒯家有一層拐著彎兒的關係，蒯正真要收拾他，蒯家絕對會站在蒯正一邊。

與其這樣，待在棘陽也沒什麼意思。鄧才覺著，倒不如和馬玉一起投奔黃家，哪怕去江夏，也是個不錯的選擇。

正因為這樣，他就更加小心。

催馬到了馬玉身旁，鄧才小心翼翼的問：「小玉，你說黃兵曹，真能收留咱們嗎？」

「肯定會……」馬玉小聲道：「其實我覺得，留在南陽郡已沒什麼意思。且不說如今南陽郡一分為二，那張繡別看打贏了曹操，可曹操會善罷甘休？到時候，南陽郡肯定是保不住……」

「我也這麼認為。」

「江夏那邊還算太平，說起來也不比南陽郡差。咱們只要跟好了黃兵曹，將來肯定能出人頭地。總好過留在這邊，看別人臉色，還受那窩囊罪。」

鄧才連連點頭……

「怎麼回事，為何停止不前？」

馬玉和鄧才說著話，突然間發現前面的人，停了下來。

天下著雨，人被淋得濕透，馬玉的心情就有些不太好，立刻開口叱問，同時縱馬往前面走。

「都伯，前面倒著一輛車，擋了道。」

有士兵連忙跑過來，向馬玉和鄧才稟報。

馬玉、鄧才坐在馬背上，自然也看到了前方的狀況。別看他兩個官不大，可這譜卻不小。

一輛雙馬牽引的馬車倒在路上，兩匹劣馬希聿聿不停嘶吼。看樣子，是想要把馬車拉起來，但由於一個車軸折了，車廂斜倒著，任由那兩匹馬使足了力氣，可馬車卻依舊倒在泥濘中。

趕車的馬夫，是個青年，看模樣，也就是二十出頭，手裡拿著一根馬鞭，不時的呼喝，可是作用卻不太明顯；而在馬車旁，還有一個魁梧壯碩的漢子，雙手捧著車架，似乎想要把馬車扶起來。那大漢身高九尺，膀闊腰圓。黑面，短髯，透著一股威武雄壯的氣概。

馬玉不禁一蹙眉，縱馬上前，「兀那漢子，趕快把車挪開，讓出通路。耽誤了軍情，小心要你的狗命。」

大漢聞聽頓時怒了，雙手一鬆，車架子就摔在地上，泥水四濺。他回身罵道：「老子不正在這邊挪嗎?你他媽的瞎了狗眼，吠個什麼?有本事，你過來挪，就知道在那裡亂叫!」

馬玉一聽，勃然大怒：「賊廝，作死嗎?」

大漢環眼一瞪，「老子就是作死，你他娘的能奈我何？」
「我殺了你！」
「哈，我怕你不成……」
馬玉氣得拔出刀，就要過去和大漢交手。
鄧才皺了皺眉，一把拉住了馬玉。然後笑呵呵的說道：「這位兄弟，我等軍務在身，實在是有些耽擱不起時間。這樣吧，我讓人幫你一下，把馬車先挪開，先讓我們通過，怎麼樣？你這車子擱在路中間，也著實有些麻煩……實在不行，我們回營之後，找個匠人過來幫你修理馬車？」
大漢聞聽，不由得有些躊躇。
青年馬夫卻走過來，看似勸說大漢一樣，而後猛然提高聲音，「君明，人家也是軍務在身，你就別生氣了。這位老兄，那就麻煩你們一下，請幫忙抬一下車子。呵呵，都是我不好，趕路趕得急了，以至於車輛……辛苦各位，辛苦各位。」
說著話，他朝鄧才、馬玉拱手。
馬玉也不是真想和對方交手，看那大漢的個頭，顯然是個莽漢。打贏還好說，如果打輸了……

「過去幾個人，把車子挪開。」

他在馬上一擺手，七、八個軍士立刻走向馬車。

車夫笑呵呵的從車上取下一個虎皮兜囊，遞給了大漢。裡面裝的應該是防身兵器，馬玉也沒有在意，這年月出門，若不帶防身的傢伙，肯定是找死。

反正距離九女城已不遠了，馬玉也不是很在意，只看了大漢一眼，便轉過頭和鄧才說話。

「典將軍，等他們過來後，你就出手！」馬夫在大漢身旁低聲說道。

「不是說先殺馬玉嗎？」

「那傢伙挺機靈，不靠過來，怎麼殺？既然如此，那咱們就搶先出手，末將設法纏住那幾個人，你用最快的速度衝過去，攔住馬玉幾人。咱們這邊一動手，文長他們也會跟著動手。」

大漢看了一眼幾個走過來的軍士，嘴角陡然間浮現出一抹酷戾笑容。

「有勞，有勞幾位。」

馬夫，正是夏侯蘭。他笑容可掬的拱手道謝，卻在不經意間繞過馬車，走到了另一邊，悄悄摘下了藏在車架子另一端的丈二銀槍。

幾個軍士上前，一個個臉上帶著不情願的表情，嘴裡還嘀嘀咕咕的咒罵著。

大漢腳下慢慢的向前移動，探手向腰間的大帶摸去。那大帶下，藏著幾支小戟。眼見著軍士越來越近，走到馬車旁，伸手向車架子搭去。說時遲，那時快，黑臉大漢突然間動起來。只見他腳下生風，呼的衝向馬玉。同時在高速奔跑當中，身形猛然迴轉，口中發出一連串巨雷似地暴喝，三支小戟脫手飛出。

走在最前面，已經搭住車架子的軍士，在這時候也感覺到不對勁。看大漢剛才搬動車架子的模樣，這馬車的份量應該不會太輕。可用手一搭，明顯感覺到馬車並沒有那麼沉重。正疑惑間，耳邊傳來大漢的怒吼聲，身後緊跟著一連串慘叫，撲通撲通，三名軍士倒在血泊中，後腦處，各插著一支小戟。

軍士心知不妙，連忙撤手想要後退，也就在這時，眼前一道銀光閃過……丈二銀槍，沒入軍士的哽嗓咽喉。

夏侯蘭手握銀槍，一合陰陽把，雙臂一震，撲稜稜將那軍士的屍體甩出去，撞翻了兩個軍卒。他一腳踩在車架子上，腳下一用力，騰空而起，丈二銀槍在細濛濛的雨絲中，猶如一道長虹貫日，呼嘯著就撲向幾名軍士。

「啊！」

馬玉正扭頭和鄧才說話，哪料到前方風雲突變。

不過，他好歹在軍中也幹了些時日，還參加過夕陽聚的伏擊。這本能的警覺心還是有的，反手一把抽出長刀，口中高喝：「敵襲，敵襲，攔住他！」

說實話，馬玉還真不害怕。自己這邊五十多個人，而對方只不過兩個人而已，有什麼可怕？十幾名校刀手蜂擁而上，撲向那黑面大漢。

這些校刀手，可都是從義陽武卒跟過來的人。魏延下落不明，唐吉戰死，魏平被殺，那些反叛的義陽武卒，就變成了沒人要的孤兒。陳就看不上，其他人也覺得這些人連自家主將都敢反叛，不值得信任。於是乎，就便宜了馬玉，不但當上了都伯，還接收了參與的義陽武卒。

細雨之中，刀盾兵悍勇爭前，而黑面大漢，卻露出了猙獰的笑容。

「土雞瓦狗，也敢前來送死？陳留典韋在此，正好送你們上路！」

只見他反手一把掀開虎皮背包上的黑布，露出一對明晃晃的雙鐵戟。大戟抽出，迎著那些刀盾兵凶猛劈落。只聽砰砰兩聲悶響，衝在最前面的兩個刀盾兵，手中鉤鑲被劈成碎片，巨大的勁力扭斷了他們的手臂，身體呼的騰空而起，飛出一兩米遠，撲通一聲便落在泥濘之中，口鼻中湧出黑血，身體在泥水裡抽動兩下，便再也沒有動靜。

馬玉和鄧才一個本是棘陽的混混，另一個雖為胥吏，卻也沒聽說過典韋的名字。典韋雙鐵戟翻飛，戟雲重重，整個人好像都被包裹在一團烏光之中，水潑不進。義陽刀盾兵根本無法靠近，更沒有一個人，能抵擋住典韋一招。

大戟快如疾風暴雨，罡風撕裂空氣，發出刺耳銳嘯。站在一旁，可以清楚的發現，典韋所過之處，竟逼得雨絲飄飛，無法靠近。

沉甸甸的雙鐵戟，一擊必殺，那蘊含在其中的詭譎勁力，讓刀盾兵們叫苦不迭。

另一邊，三名軍士被夏侯蘭擋住。一桿丈二銀槍如同怪蟒出洞，槍槍致命。別看夏侯蘭在典韋和魏延跟前算不得什麼，但對於普通的武卒而言，那絕對是一員猛將。碗口大的槍花在雨水中不斷幻現，每一次槍花出現，必有一人喪命。轉眼間，三名武卒，倒在血泊之中……

夏侯蘭擰槍，健步上前！

一個典韋，已經讓那些武卒心驚肉跳，再加上一個夏侯蘭，刀盾兵頓時無心再戰。

與此同時，從路旁的林中，又衝出一員大將，龍雀大刀舞動，刀雲片片，只殺得官軍措手不及。

「馬玉小兒，還認得魏延否！」

曹賊

章九

劫殺

大漢一聲暴喝，震得馬玉耳根子嗡嗡直響。

他忙扭頭看過去，一眼就認出那手持龍雀大刀，如同凶神惡煞般的男子，赫然正是義陽武卒的首領，魏延魏文長！

「魏延，你沒死？」

魏延朗聲大笑，身隨刀走，將一個軍卒砍翻在地。

「你還沒死，老子又怎可能喪命？」

章十

武卒已死

曹朋和鄧稷，慢慢走出樹林。

兩人都是一副漠然表情，冷冷看著戰場。

魏延徒步前行，大刀正劈在一個軍卒的鉤鑲上。只見他猛然頓足發力，大吼一聲，將那軍卒震翻在地，上前一腳，就落在對方的胸口上。胸骨碎裂的聲音，在細雨中清晰可聞。那軍卒大叫一聲，一口鮮血噴出，當場斃命。

「魏大哥？」

被典韋殺退下來的一名武卒，正攔住了魏延的去路。

他忍不住一聲驚呼，聲音顫抖，似帶著無盡的恐懼之意，還夾雜著淡淡愧疚。

章十 武卒已死

魏延認出這武卒正是當年義陽武卒的成員，面頰一抽搐，他橫刀旋身橫掃，厲聲喝道：「武卒已死，今日之魏延，已非昨日之魏文長。哪個敢阻我做事，就是魏延的敵人……殺！」

鋒利的刀口，撕裂武卒衣甲，把那武卒開膛破肚。

看著昔日和自己並肩作戰的兄弟，如今卻死於自己的刀下，魏延心裡並不輕鬆，隱隱有一種刺痛。他仰天一聲吼叫，「魏延在此，誰敢攔我？」

刀光迸裂，幻出無數星芒。

魏延就被包裹在這星芒之中，如同瘋虎一樣撲出。所過之處，殺得官軍血肉橫飛。刀口撕裂肌肉，斬斷骨頭的聲音，在這濛濛細雨之中，更透出幾分詭譎之意……

事到如今，馬玉就算是傻子，也知道這一夥人的目的……

「姐夫，看好犯人，弟兄們，隨我殺敵。」

鄧才撥馬，咬牙切齒的撲向曹汲，眼見著戰馬就要到了曹汲的身前，眼角餘光突然閃過一抹寒光。鄧才下意識的勒馬，一桿長矛，凶狠的貫入了胯下坐騎的脖子。

那戰馬希聿聿悲嘶不停，撲通就摔倒在地上。鄧才慘叫一聲，一隻腿被壓在馬身下，竟折成兩段。只疼的鄧才哀嚎不止，抬眼望去，就看到鄧範面色陰冷，從馬脖子上拔出了長矛。

「鄧範，你要造反？」

「蠢貨，你算個什麼東西，也配得上我造反二字？路見不平有人踩，老子就是踩你的人……」

說著，鄧範上前一步，一腳踩在鄧才的另一條腿上。喀嚓一聲響，鄧才那條好腿，被鄧範生生踩斷。鄧才疼得直翻白眼，口中發出一聲淒厲的慘叫，險些昏死過去。

「虎頭哥，給我拿下馬玉……我要活的！」

路旁，曹朋突然厲聲高喝，站在他身邊的王買露出獰笑，鐵脊蛇矛一擰，縱身就撲入戰場。

「馬玉，還認得你家老子嗎？」

馬玉這時候已被嚇得是魂飛魄散。

該死的，一個都沒死，還冒出來了兩個凶神惡煞似的殺神。自己的手下，被典韋和魏延兩人一衝，早已潰敗而逃，而馬玉自己，則被夏侯蘭纏住。雖說他騎著馬，可是在夏侯蘭的槍下，早已抵擋不住。夏侯蘭的功夫再不好，那也是受過名師指點。槍槍奔著馬玉的要害……

夏侯蘭沒有坐騎，可他這丈二銀槍的長度，足以彌補戰馬的缺憾。馬玉被殺得是衣甲歪斜，披頭散髮……

武卒已死

王買一出現，就如同壓倒駱駝的最後一根稻草。夕陽聚一戰，王買獲益匪淺，加之在桃園養傷時也沒有落下功夫，這一桿大槍已登堂入室，邁入了易骨的階段。

鐵脊蛇矛的份量，比夏侯蘭那桿丈二銀槍更重。如果說，夏侯蘭是槍法精妙的話，王買就是勢大力沉，蛇矛挑飛兩個軍卒，就到了馬玉跟前，二話不說，分心就刺。

馬玉剛躲過夏侯蘭的丈二銀槍，王買的鐵脊蛇矛掛著一股罡風，就到了他的近前。匆忙間，他連忙擺刀想要磕擋。可他那功夫，又如何擋得住王買的鐵矛？只聽鐺的一聲，鋼刀就脫手飛出。

馬玉見形勢不妙，撥馬就走。這時候，他也顧不上他親愛的姐夫正哀嚎不止，也認不清楚方向，究竟該往何處逃竄。

典韋殺得興起，雙鐵戟上已不知沾了多少人的性命，眼見馬玉要走，他猛然暴喝一聲，抬手將鐵戟騰出。

大戟在空中打著旋，啪的就拍在了馬玉的背上，把馬玉身上的劄甲拍的粉碎……馬玉噴出一口鮮血，卻拚命的抱住馬脖子，才算是沒從馬上落下。

逃出去，只要逃出去，老子還有報仇的機會。

馬玉心裡嘀咕著，卻沒有看到，解脫了束縛的曹汲手裡拿著繩子，猛然朝他甩了過來。繩套正好落在馬脖子上，戰馬長嘶，正要發力，就聽曹汲大吼一聲，雙膀一用力，猛然往懷裡一帶。

常年打鐵，曹汲的力氣，可是不小。

戰馬吃力之後，撲通就翻到在地。曹汲快走兩步，衝到了馬玉跟前，手中繩索一抖，就套住了馬玉的脖子。

那匹馬摔倒之後，旋即便又站了起來。剛才摔了那麼一下，把牠也驚到了……希聿聿暴嘶不止，仰蹄狂奔，馬玉還沒來得及站起來，被狂奔的戰馬一帶，撲通又摔在地上。

戰馬狂奔，拖著馬玉就走。馬玉不停的在地上哀嚎、慘叫，聲息卻越來越弱……

「爹！」

曹朋攙扶著鄧稷，來到曹汲跟前。

兩人不約而同的喊了一聲之後，就再也說不出話。喉嚨裡，好像堵了什麼東西一樣，曹朋和鄧稷撲通就跪在了曹汲跟前。

官軍被殺得七零八落，早已潰不成軍。

王買和鄧範自動靠攏過來，一邊攙扶著張氏和曹楠，一邊警惕的向四周查探。不過，到了這個時候，官軍早就被典韋、魏延和夏侯蘭三人殺得抱頭鼠竄，亡命而逃。

曹汲伸出手，把曹朋和鄧稷拉起來。

他看了看曹朋，又看了一眼鄧稷，目光落在鄧稷那空蕩蕩的衣袖上，鼻子一酸，淚水混合著雨水，奪眶而出。

「苦了你們，苦了你們啊……」

他不知道曹朋和鄧稷在過去的半個月裡，究竟經歷了什麼事情。但是他知道，兩個孩子肯定是經過千難萬險，才出現在自己的面前。不管自己受多少苦，都算不得什麼……

曹汲張開手臂，用力的抱住曹朋和鄧稷，輕聲道：「沒事了，回來就好！一家人在一起就好……」

曹汲深吸一口氣，鬆開兩人。

「去，看看你媳婦，還有你娘吧。這幾天，可把她們嚇壞了。」

鄧稷向曹楠走去，張氏更跌跌撞撞走過來，一把抱住曹朋，「我的兒，你總算回來了！娘快擔心死了……」

兩個女人，痛哭失聲。

曹朋摟著張氏，鄧稷則伸出他的獨臂，用力抱住曹楠。

戰場上，到處都是死屍。

典韋三人閒庭散步般走上前來，曹汲緊走兩步，「三位壯士救命之恩，曹汲沒齒難忘。」

「老哥，使不得，使不得。」

曹汲上前行禮，典韋卻把他攔住：「阿福是我救命恩人，我幫他那是天經地義，可勞不得老哥這般大禮。」

這時候，曹楠和張氏也止住了哭聲。

張氏拉著鄧範的胳膊，「孩兒啊，你做了這般大事，可怎麼回去啊。還有你爹娘他們……」

「娘，你放心吧，洪家嬸嬸和巨業叔已決定和我們一起走。他們如今就在鳳凰嶺下歇腳，咱們這就趕過去和他們會合，然後一起去許都。」

「去許都？」張氏不由得驚呼一聲。

曹汲也奇道：「阿福，咱們去許都，可是什麼都沒有。」

曹朋笑了，走到典韋身旁，拍了拍典韋的胳膊，「怕什麼，到了許都，自然一切水到渠成。」

章十 武卒已死

曹汲看了看典韋，頓時明白了。這位壯士，怕不是普通人啊……

「叔叔，嬸子，咱們快點走吧。這裡距離九女城不算遠，萬一被他們發現，那可就麻煩了！」

王買從戰場上牽來幾匹無主的戰馬。

典韋也說：「是啊，咱們得盡快離開這裡，否則後患無窮。」

曹朋向曹汲看去，卻見曹汲一把扯掉身上的褐色囚衣，從一具屍體上扒下一件劄甲，套在了身上。抄起一支鐵矛，他從王買手中接過一匹馬，「孩兒他娘，這裡不是說閒話的地方，咱們先離開再說。」

「那這傢伙呢？」

夏侯蘭突然開口，丈二銀槍指著躺在泥濘中裝死的鄧才。

鄧才快疼死了……先前強忍著斷腿之痛，不敢吭聲，想裝死混過去。哪曉得，卻被夏侯蘭看出了端倪。

他睜開眼，顫聲哭喊道：「饒命，饒命啊……叔孫，咱們可是同父所出，是兄弟啊。我知道我從前對不起你，可我現在後悔了，真的後悔了。看在咱死去的老爹面子上，饒我，饒我！」

也許，這一輩子，鄧才從沒有像現在這麼害怕過。

他也知道，自己早先得罪鄧稷，怕是得罪的狠了……可現在，能救他的人，似乎也只有鄧稷。

「姐夫，斬草不除根，春風吹又生。」

曹朋把張氏攙扶上馬，而後坐在了張氏身後，縱馬到鄧稷身旁。

而鄧稷猶豫了一下後，好像沒有聽到鄧才的哭號聲。他先是默默的讓曹楠上馬，而後翻身跨坐馬背上。

「哥哥……」鄧稷臉上露出一抹笑容，「我這是最後一次叫你哥哥，看在父親的面子上，我不殺你。」

「啊，謝謝，謝謝……」

鄧才趴在泥水裡，強撐起身子，帶著哭音。

只是，他話音未落，卻見魏延縱馬從他身邊衝過去。龍雀大刀帶著一抹寒光，從鄧才頸間抹過。

人頭骨碌碌落在泥水中，一腔子鮮血，噴出去老遠，把地面染成紅色。

章十 武卒已死

「叔孫不殺你，我殺你！」魏延說罷收刀一笑，「叔孫，我們快點走吧。這雨看樣子要下大了，弟妹的身子怕受不得！」

鄧才的腦袋，孤零零落在泥水中，眼睛瞪得溜圓。

雨越來越大，落在他的臉上，洗去了臉上的血污……他似乎仍在詢問：你說過不殺我，為何又說話不算數呢？

鄧稷冷冷的看著那具仍在噴血的屍體，眼中閃過一抹痛苦之色。

「哥哥，我真沒有殺你！」

章十一 老君觀

雨，越下越大。

大道上橫七豎八的倒著二三十具死屍，在大雨中，顯得格外淒然。瓢潑的雨水擊打在地上，發出劈啪不絕的聲響。飛濺的雨星四射，混著地上的血水，使得被鮮血浸透的地面，更加泥濘。

一隊騎軍頂著大雨，飛馳而來。

當先一匹馬上，端坐著一個大漢，身穿斜襟黑襦，外罩紅漆劄甲。所有人都披著　個雨篷，遮掩了大半張面孔。

大漢從馬上跳下來，快步走到屍體旁邊，掀掉了雨篷，瞇著眼睛四處打量。他看到了一顆人頭！就在不遠處，孤零零的浸泡在雨水中。大漢上前，將那顆人頭拎起來，抹去上面的泥水，眼中陡然閃過一抹精芒，緊抿著的嘴角微微上翹，露出一抹笑意。

「阿福，回來了！」他呢喃著，臉上的笑意更濃。

「渠帥，這是哪路英雄所為？」一個虯髯大漢走上前，低聲的詢問。他好奇的打量著戰場上的屍體，從那幾具完整，但七竅流血的屍體上，他看出了一絲端倪，「這夥人可不簡單啊！」

「是啊，不簡單！」

大漢眼中也露出一抹疑惑之色，因為他同樣看出，出手劫人的這些人，恐怕都非等閒。

阿福是從哪裡找來這麼多的好手呢？

「渠帥，在前方林中還發現一具屍體，好像是個官軍。」

「帶我去看看。」

大漢立刻大步走過去，不多時就看到在路旁，有一匹戰馬正靜靜站立。馬身後有一具屍體，脖子上套著一根繩索，另一頭則繫在馬脖子上。屍體顯然是被勒死的，不過在死之前，被戰馬拖著狂奔，以至於此刻已面目全非。屍體的許多部位，露出森森白骨，還有明顯的骨折跡象。

大漢不認得這個人，但他身邊的虯髯大漢，卻認出了屍體的來歷。

「這傢伙好像就是昨天在縣城牢房外鬧事的那個人……渠帥，你這朋友找來的幫手，可真夠狠啊！這傢伙雖然是被勒死，卻也受了不少苦。若沒有深仇大恨，恐怕一般人也不會這麼做。」

大漢正是王猛。

王猛見過馬玉，但只是匆忙一瞥，哪裡會看清楚馬玉的長相？

且不說馬玉被拖得面目全非，估計就算他完好無損的站在王猛面前，王猛也不見得會認識。

就在這時，遠處傳來一陣悶雷似的馬蹄聲。

「渠帥，有官軍過來了！」虬髯大漢跑上前，在王猛耳邊低聲稟報。

「撤！」

王猛二話不說，立刻跑過去，翻身上馬。不過，跨坐馬上，他猶豫了一下，扭頭對虬髯大漢道：「老周，看著戰場的狀況，老曹他們應該沒走太遠。咱們想辦法領著官軍繞一圈，給他們一些逃命的時間吧。這樣，我和左丘帶幾個人往北，你帶幾個人往東，咱們把官軍分散開來……甩脫了官軍之後，咱們就在老君觀裡集合。如果天黑時我沒回來，你就趕回復陽。」

「渠帥……」

「休得贅言，咱們分頭行事。」

王猛說完，帶著十幾個人，朝棘陽方向縱馬疾馳。

虯髯大漢猶豫了一下，撥轉馬頭道：「弟兄們，咱們走！」

一夥人在大雨中，兵分兩路，很快便消失在茫茫雨幕之中……大約一盞茶後，一隊騎軍出現在戰場外。

為首之人，赫然正是陳就。

他在九女城大營中得到了消息，便立刻點齊人馬，趕奔過來。

從大營裡抽調出一曲騎軍，足足三百餘人。按理說，一曲當在五百人上下，可騎軍的性質，和步軍又不相同。且不說荊州治下本就缺少馬匹，就算是不缺，九女城大營也不可能承受太多騎軍。畢竟，騎軍的花費實在是太過驚人，能湊足三百騎軍，對九女城大營而言，已算是極限。

陳就的臉色陰沉，看著戰場裡的屍體，眼中閃過一抹怒焰。

「絕不能放過這些賊人……如若傳揚出去，豈不讓他人笑我荊襄無人嗎？」

說句心裡話，陳就並不想勞神追殺。可他知道，曹汲一家是黃射勢在必得的人。雖然到現在，他也不清楚黃射為何對這家人懷有深仇大恨，可端人家的飯碗，他就必須為人家效力。

陳就如果連這個都無法做到，以後別想在江夏立足了……所以，他親自帶隊前來，誓要將曹家誅殺。

「給我追，不殺掉這些賊子，難消我心頭之恨！」

陳就咬牙切齒，在大雨中，厲聲咆哮。天邊，傳來一陣悶雷聲，雨似乎越來越大，厚重的雲層中，醞釀著雷電之氣。

鳳凰嶺下的道觀，又名老君觀。

它座落在一處偏僻峪谷邊緣，地勢相對較高，站在道觀中，可以鳥瞰大路，視野非常清晰。但道觀的香火並不好，特別是在黃巾起義時，由於老君觀曾作為黃巾軍的一處落腳點，遭受了官軍的掃蕩。如今，道觀早已破敗，山牆倒塌，幾乎成了一座廢墟。不過，雖然破敗，遮風避雨還可以堪堪做到。

曹朋一家在老君觀裡，和鄧巨業、洪娘子會合。

洪娘子拉著張氏和曹楠的手，忍不住好一陣子的哭訴。

「他嬸子，可苦了妳！」

洪娘子和鄧巨業，把老君觀的大雄寶殿打掃得很乾淨，還找來了厚厚的枯草，作為床榻。

有道是三個女人一齣戲，洪娘子、張氏和曹楠坐在一處，這話匣子一打開，可就再也收不住了。特別是張氏和曹楠，這些日子來擔驚受怕，精神已處於一個極限。別看她們表面上看去很堅強，可實際上快承受不住了。特別是親眼目睹一場聲勢雖不算浩大，但卻極為慘烈的殺戮後，兩個女人的精神都快要崩潰了。如今坐在乾爽的草垛子上，聽到熟悉的聲音，忍不住放聲大哭。

一會兒，一會笑的，足足持續了半個時辰，她們才算是逐漸穩定下來。

鄧稷坐在曹楠身邊，緊緊的摟抱著妻子。曹楠哭罷、笑罷，竟倒在鄧稷的懷中，睡著了……

另一邊，曹朋取出金創藥和止血散，為曹汲療傷。

曹汲身上的傷勢，都是些皮外傷，並不是太嚴重。他自己也不在意，但卻不忍拒絕曹朋的這份孝心，老老實實的坐著，任由曹朋為他處置。

「老哥，你可真有福氣啊！」

典韋忍不住一聲感慨，讓曹汲心裡，陡然升騰起一股驕傲。

「阿福，這些日子以來，你們怎麼過的?叔孫的手臂……」

曹朋壓低聲音，把夕陽聚之後發生的事情，一五一十的告訴了曹汲。他有些羞愧的說：「都是孩兒招惹來的禍事，若非我和黃家小姐走的近，家裡也不會遭此劫難。」

曹汲微微一蹙眉，許久後輕輕嘆了口氣道：「這也怪不得你。只是這麼一折騰，咱們現在可說是一窮二白，什麼都沒了。連帶著你巨業叔和你洪嬸子一家三口，也要隨著咱們顛簸流離。朋兒，你可想過，咱以後該怎麼辦呢？還有你猛伯，到現在也沒消息，不知怎生狀況。」

典韋旁邊聽了，大笑一聲，「老哥，你這有什麼好操心呢？你們隨我去許都，某家雖算不得什麼人物，卻也能保你們衣食無憂。再者，你一家都是有本事的人……叔孫遇事沉穩，小阿福也非池中之物。我家主公求賢若渴，曾私下裡與我說過許多次，只恨身邊無人可用。到時候某家願做那引薦之人，為老哥你一家謀個前程，大富貴咱說不好，可總比待在棘陽這小地方強百倍。」

許都雖說比不得洛陽、長安那種老牌帝都歷史悠久，可畢竟是漢帝遷都之地，遠非棘陽可以相提並論。而且，黃巾之亂時，南陽郡也算是重災區，匪禍不絕，而許都所地處的豫州地區，由於當時陳國王劉寵的強力抵抗，使汝南地區的黃巾軍最終未能北上與波才等部會合。

所以，豫州的重災區，也僅止於汝南和穎川郡南部。許都相對而言，沒有被波及太深，還算是保存完好。就這一點而言，許都比之屢遭戰亂的洛陽、長安，倒也差不了太多。

曹汲到現在還沒有弄清楚典韋的真實身分，聽他這麼一說，忍不住問道：「典兄弟，敢問你在許都，做什麼？」

他一個升斗小民，當然不可能知道典韋的名號。

曹朋一旁輕聲回答：「典大哥官拜武猛校尉，是曹司空的宿衛，甚得曹公寵信……」

「啊？」曹汲這一次，被嚇了一大跳，「阿福，典兄弟這個什麼校尉，比蒯縣令如何？」

曹汲這一句話，使得周圍眾人都忍不住哈哈大笑起來。鄧範和曹汲的情況差不多，也不知道這武猛校尉究竟是多大的官。可看別人笑，他也跟著笑。反正，隨大流總歸是沒壞處。

這時候，鄧稷把曹楠放到了張氏的懷裡，慢慢走過來。

「爹，武猛校尉和棘陽縣令，根本不可同日而語，差別太大了！」他笑著坐了下來，解釋道：「典大哥這個武猛校尉，其實算不得實職，而是一個爵位。他是宿衛曹公，負責保護曹公安全。臨戰時，他憑此爵位，可為將軍，能獨領一軍；棘陽是個下縣，蒯縣令不過秩比三百石，而典大哥這個爵位，秩真兩千石。二者性質不一樣，也不好做比較。不過單從俸祿上來說，典大哥這個武猛校尉，比南陽郡太守的俸祿還高一籌。南陽郡太守，秩比兩千石。」

秩比和秩真，雖然一字之差，但區別還是不小。

「比太守還大？」

一旁側耳聆聽的張氏和洪娘子，忍不住發出一聲驚呼。至於鄧稷前面解釋的那些，她二人一句也沒聽進去。

「我就說，阿福洪福齊天，你看他這些朋友，都是有本事的人……他孃子，你可真有福氣！」

至於張氏，腦袋已經空白了！

一個月之前，她還被一個中陽鎮的土豪欺辱，最後不得不背井離鄉。可現在，她居然和一個比太守還大的大人物同處一室？這聽上去，怎麼感覺是在做夢啊……

兩個女人有點傻了！

曹汲和鄧巨業父子，也有點發懵。

好在，他們總算是沒有失態，不過很明顯，他們看上去有些不太自在了！

「爹，你別緊張，典大哥……」

不等曹朋說完，曹汲一把就捂住了他的嘴巴，「你這孩子，怎能如此沒有規矩。典兄弟……哦，不對，是典校尉是什麼人物，你怎能稱呼大哥？」

典韋渾不在意，撓撓頭，「老哥，您這又何必呢？阿福怎麼說也是我救命恩人……」

「不成的，不成的！」曹汲的腦袋搖得像博浪鼓一樣，正色道：「這孩子不懂事，不知輕重。不說別的，論輩分，他至少也得喚你一聲叔父才是，哪能大哥長大哥短的，讓人家笑話。」

叔父？

曹朋和鄧稷，同時咳嗽起來。

「爹，不用吧。」

曹朋偷眼看了一下典韋，卻見典韋在愣了一下之後，咧著嘴嘿嘿直笑，一雙環眼正看著他。

「怎麼不用？難道你還要和老子平輩。」

魏延正蹲在旁邊，津津有味的喝著雜麵餅子湯。聽了這話，他忍不住被嗆得『噗』的一口餅子湯，噴到了在他旁邊夏侯蘭的臉上。那一口雜麵餅子掛在夏侯蘭英俊的臉上，夏侯蘭滿面通紅，一雙眼瞪著魏延，心裡面嘀咕著：要不是老子打不過你，今天定要把你揍成一個豬頭！

「老魏，咱平輩論交，以後你也要對你典叔父，多有尊重。」

鄧稷和魏延好歹也算是合作了一些日子，對他也有些瞭解。看魏延放下碗，想要說話，他便立刻開口，壞了魏延的小算盤。這時候，能拉一個墊背的，就拉一個墊背的，典韋這輩分提高，看起來是不可阻擋。鄧稷斷然不會允許再蹦出來一個『魏叔父』，否則可真要悲劇了。

典韋，忍不住哈哈大笑……

章十二 歷史乎？演義乎？

雨一直下。

雨水順著房檐低落下來，連成了一面水幕……水珠擊打在灰色石頭上，水花四濺。曹朋一個人靜靜坐在大雄寶殿的門檻上，看著外面模糊的世界，神魂卻早已經離體而出，不知道跑去何方。

一隻大手，拍在了他的肩膀上。

曹朋一激靈，抬頭看去，只見曹汲不知何時，坐在他身旁。

「想什麼呢？」

曹朋回過頭去，往大雄寶殿裡看了一眼。

曹楠還在熟睡，張氏和洪娘子在一旁，竊竊私語。典韋、魏延和夏侯蘭三人，坐在神像下閉目養神。鄧巨業正在燒水，而鄧範和王買則坐在一起。鄧範羨慕的看著王買手中的那支鐵脊蛇矛，很是眼饞。王買呢，正默默擦拭槍傷血跡。

鄧稷，也走了過來。

三人並排坐在門檻上，看著雨中模糊的世界。

「沒想什麼。」

「可是覺得，我不該讓你們自降身分？」

曹朋一怔，倒是沒有說話。其實，讓他稱呼典韋做『叔父』也沒什麼。畢竟典韋的年紀在那裡放著，叫一聲『叔父』也不會死人。不過鄧稷卻點點頭，覺得這樣做，有些掉身分。

「咱們到了許都，除了典兄弟，還認識別人嗎？」

鄧稷搖搖頭，「不認得。」

曹汲把聲音又降低了一些，「叔孫你是讀書人，我知道你們講求風骨。可這世事不由人啊……咱們到了許都以後，人生地不熟，除了典兄弟，再也不認得其他人。朋兒與典兄弟，有救命之恩。我不知道這恩義能維持多久，但我覺得，那不可能像你猛伯那般的長久……」

鄧稷眉頭一蹙，雖不太願意承認，但也只有點頭。

「這世上，沒有什麼恩義能維繫永遠。典兄弟可以幫咱們站住腳，可以給你們一個前程……可以後呢?當他把這份恩義都償還了，還會一如既往的幫助咱們，維護咱們嗎?」

「阿福年紀小，叔孫你這身子……咱比不得那位魏兄弟。他一身好本事，只需引薦，總能夠出人頭地。朋兒，還有叔孫……你們要記住，這人情帳，很難持久。你若是存著挾恩求報的心思，再大的恩情，也抵不住咱們這一大家子使用啊。」

細想一下，自家拖家帶口，好像人確實多了些。

曹朋鄧稷這五口人不說，還要算上鄧巨業一家三口，再加上王猛父子，這可就是十個人。

曹汲的擔心，並不是沒有道理。

這十口人吃喝拉撒，一開始還真的要靠典韋扶持。

沒錯，曹朋對典韋有救命之恩，可人家典韋同樣也有解救曹汲一家三口的恩情，再算上安置十個人，典韋未必欠曹朋的恩情。弄不好，曹朋還要反過來，欠下典韋的情義……這人情債欠的多了，人情也就沒了。老曹家上下這麼多人，一旦沒了典韋的人情，又如何生存?

曹朋一下子，明白了曹汲的心意。

這是一種底層社會，小人物的聰明。

別小看曹朋那一聲『叔父』，有這麼一個稱呼在，將來曹朋、鄧稷遇到事情，典韋不會袖手旁觀。

事實上，連曹朋也不清楚，典韋究竟是怎樣的性格。他對典韋的瞭解，更多還是源自於三國演義，而真實生活中的典韋，又是怎樣一個人呢?曹朋也說不準……

這個時候，曹朋覺得，老爹真聰明極了!

「爹，你怕什麼?」

雖然明白了曹汲的心意，可曹朋還是要安慰一下曹汲。否則的話，曹汲這心裡的壓力，會很大……

「爹，你也是有本事的人。只不過你的本事，和魏大哥他們不一樣。魏大哥他們可以上陣殺敵，可爹你卻可以打造出品質優良的兵器……說穿了，他們將來還得求你呢。咱們在許都安定下來，也不需要再去麻煩典……叔父。你有這手藝，害怕餓了站不住腳嗎?再者說了，孩兒這一路上，還想出了一些小玩意，一定可以讓咱們站穩腳跟。」

「小玩意?」、「什麼小玩意?」

鄧稷和曹汲，忍不住露出好奇之色。

「嘿嘿，一些說不定能讓爹飛黃騰達的小玩意。」

曹汲對曹朋，還是比較信任的，只是聽了他這番話，忍不住笑了，「朋兒，爹這點本事，就不想什麼前程了！你要真能想出什麼好法子，倒不如幫幫你姐夫。他讀書多，有見識，總好過我一個不識字的打鐵漢吧。」

鄧稷少了一臂，終究是一樁麻煩事。

曹朋聞聽，卻搖了搖頭，扭頭看著鄧稷說：「姐夫，你要我幫忙嗎？」

鄧稷呵呵笑了，「你顧好你自己就行，到了許都，別再招惹麻煩。我自己的事情，能自己解決。」

經過這一連串的變故，鄧稷雖然少了一隻手臂，卻多了幾分自信和沉穩。

曹朋一歪頭，「爹，你看，姐夫不要我幫。而且我相信，姐夫不需要我幫忙，也能搏出前程。再說了，我想的辦法，只對你有用，對姐夫嘛……呵呵，爹，你其實也不必妄自菲薄。打鐵漢又怎麼了？沒有打鐵漢，魏大哥也好，典……叔父也罷，還不是得赤手空拳上陣殺敵？而且，你打的刀確實很好。那支龍雀，雖說之前底子不錯，可沒有爹你的妙手回春，估計也就是一塊廢鐵。魏大哥也說了，你修理的那支龍雀，就算不是神兵，也追得上寶刀。」

「可那還不是你……」

「爹，我只是給你出了一個主意而已，卻沒有那種本事。別的不說，咱手裡有風箱，還有那雙液，憑這兩樣，爹就能當個少府監作……姐夫，你說呢？」

鄧稷連連點頭，「阿福這話倒是不差。」

曹汲一臉的迷茫，看著曹朋，結結巴巴的問道：「那啥，那個什麼府……作的，做啥的？」

「是少府監作！」鄧稷笑著解釋說：「少府，是九卿之一，掌管宮中御衣、寶貨，珍膳以及山海地澤收入，還有手工製作等事務。其下轄五署三監。其中諸冶監，就是專門打造兵農之器。監作，就是諸冶監下的一個官職，一共設有四人，秩真百石。」

曹汲不由得咽了口唾沫，「那不是和你之前當的佐史，一個樣子？」

鄧稷笑道：「爹，那怎麼可能一樣？我是秩比一百石，監作卻是秩真一百石。而且一個是縣城裡的小吏，一個屬於朝廷九卿之下的屬官。爹，你得分清楚，監作是官，佐史是吏啊。」

曹汲頓時倒吸一口涼氣：「朋兒，你讓我去做官？」

「不可以嗎？」

「我這本事……」

「爹啊，誰敢說你沒本事，我就抽死他。猛伯也說過，你本事有，只是有時候太固執，太小心了些。做什麼都瞻前顧後，哪能搏出前程？爹，我希望你將來不僅僅是做監作，還要做監丞，監令、少監甚至於少府……這世上，只要你去想，有些事情，就可以做到……等那時候，爹貴為九卿，孩兒也能沾點光，至少也能搏一個好出身，你說是不是？」

的確是這麼個道理，可曹汲卻感覺著有些發懵！

「孩兒啊，你沒生病吧。」

曹朋聞聽頓時怒了，撥開曹汲的手，站起身來，「爹，有志不怕出身低。你連這點志氣都沒有，將來如何能做大事？」

「不，我只是……」

曹汲結結巴巴的想要辯解一下，可是又不知道該如何開口。

曹朋的聲音，也驚醒了其他人。

鄧稷見大家的目光都往這邊看，連忙說：「好了好了……爹，阿福也是一番好心意，你也別怪他。不過，我覺得阿福說的不是沒有道理，有些事，若你連想都不敢想，又怎能成功？」

曹汲搔了搔頭，沒有再去辯解。

一粒小小的種子，就這樣在曹汲心中栽下。

至於將來生根發芽，能結出什麼樣的果子來？甚至包括曹朋在內，也很難做出估計……

典韋驀地長身而起，抄起雙鐵戟，大步走出大雄寶殿。

看他的臉色，似乎很凝重。魏延、夏侯蘭等人也紛紛起身，大踏步走到了殿外的臺階之上。

「典……叔父，怎麼了？」

曹朋緊隨起來，來到典韋的身邊。

只見典韋站在臺階上，舉目眺望連天雨幕，眼中流露出一抹森冷殺意。

「馬蹄聲……好像有人，正朝這邊過來。」

一句話，所有人都露出緊張表情。王買夏侯蘭，下意識的握緊了手中的槍矛，而魏延則瞇起了雙眼！

轟隆！

醞釀了許久的驚雷，終於炸響。

漆黑的蒼穹，烏雲密佈。銀蛇閃沒，唰的一下子把天地照映一片慘白，如同要將天空撕破。

雨，更大了……

山門外，來了一群人，大約在八九個左右。

清一色騎著馬，一副荊州兵的裝束。紅襦紅甲，手持兵刃。當先一個大漢從馬上跳下來，邁步就走進了道觀。

「什麼人！」

黑面大漢走進道觀的一剎那，便覺察到了不正常。

看得出，他很警惕，而且身手也不差。一隻腳剛落地，另一隻腳還在半空中，身體陡然間原地迴旋，唰的就抽出了七尺長刀。刀在手，橫於胸前，黑面大漢一副警覺之色，如臨大敵。

他的這個反應，立刻感染了同行眾人。

其他人紛紛拔出兵器，相互依持著，凝視著大雄寶殿。

「荊州人，還真有不怕死的！」

隨著一個洪亮的聲音響起，典韋和魏延大步走出大殿。兩人神色淡漠的看著山門口的那些荊州兵，典韋冷笑一聲，扭頭對魏延說：「文長，看起來這荊州，非你義陽一地出好漢嘛。」

魏延倒拖龍雀，傲然道：「一群土雞瓦狗，當不得什麼。」

黑面大漢勃然大怒，「你說誰是土雞瓦狗？」

「除了你們這些將死之人，某家還能說誰？」魏延大笑著，邁步就走下臺階。雨水擊打在他的身上，可他卻好像全無感覺。依舊是一派傲然，冷聲道：「既然你們想死，那就讓某家送爾等上路吧。」

那副目中無人的表情，直接就激怒了黑面大漢。

「也不知誰才是將死之人。」

刀光一閃，黑面大漢話音未落，就健步衝上前來。典韋紋絲不動，而魏延依舊倒拖龍雀，站在原處。眼見黑面大漢衝上前來，魏延才嘿嘿一笑，龍雀在手中滴溜溜一轉，激起一蓬雨水飛濺。在雨水中，一道匹緞般的寒光唰的飛出，迎著黑面大漢手中長刀，鐺的一擊對斬。

兩人的刀，都非常快！

一刀交擊過後，叮噹連續數聲脆響，雨水在灑向兩人的時候，彷彿被一隻無形的大手阻擋，在空中一副詭異的景象，四散開來，嘩啦灑落旁邊。魏延和黑面大漢，蹬蹬蹬同時後退。

不過看得出，魏延略佔上風，因為他退出三四步後，便站穩身形。

而黑面大漢足足退了十步還要多，站穩之後，拿捏大刀的手微微顫抖，眼中露出駭然之色。

曹朋和鄧稷站在大殿門口，看著魏延和對方交手。

王買在他二人身旁，夏侯蘭則沒有出現，奉命留在大殿中，守候張氏等人。

「這傢伙，不差啊！」曹朋忍不住輕聲贊道。

他功夫不行，但眼光明顯高出王買等人。

在王買的眼裡，黑面大漢明顯被魏延壓制，似乎不足為慮。然而曹朋卻看到，魏延背在身後，那隻握刀的右手，也有些不太穩定的跡象。

典韋扭頭看了一眼曹朋，咧嘴一笑，「阿福這眼力不差……這傢伙和文長在伯仲之間，略遜色幾分而已。」

這黑面大漢，也是個正處於易筋階段的好手。

曹朋突然覺得，他對這個時代，似乎還少了很多認知。自以為已熟知這個時代的英雄豪傑，可沒想到……

之前在張家桃園中遇到的茂伯，明顯是個高手。

而這黑臉大漢，能和魏延不分伯仲，難道也是個牛人不成？

第十二章 歷史乎？演義乎？

正思忖間，卻聽魏延大喝一聲，「黑鬼，老子倒是小覷了你，沒想到這小小棘陽，還有這等人物。你是誰，可敢通報姓名？老子這口寶刀之下，不死無名之輩……某家，義陽魏延。」

其實，魏延也覺得奇怪。

看這些人的打扮，明顯是荊州兵，而在這附近出沒的荊州兵，似乎只有九女城大營……

黑面大漢的裝束，明顯不是什麼高級將領，甚至可能只是一個什長之類的軍官。按道理說，九女城大營中的好手，就算是不認識，但至少也會有點印象。魏延在九女城大營，就是個喜歡爭強鬥狠的傢伙。大凡是厲害一點的人物，他都會有印象，哪會像現在根本不認識？

而且，這黑面大漢的同伴，一看就知道不是未上過戰場的菜鳥。

無論是他們站列的隊形、間距以及他們做出戰鬥的姿態，都能夠看出是身經百戰……至少也是上過戰場，殺過人，而且是經歷過苦戰的戰士。

對於典韋和魏延這些人來說，哪些人上過戰場，哪些人是菜鳥，他們可以一眼看出。就這一點來說，曹朋還遠遠比不得。

魏延詢問對方的名字，也是一種試探。

黑面大漢愣了一下，顯然不太習慣這種先交手，後通報姓名的方式。不過不習慣歸不習慣，他心裡面對魏延，還是很敬佩的。畢竟，魏延的身手，比他要厲害。

「某家行不改名，坐不改姓，土復山周倉就是我。」

「土復山？周倉？」

這是劫徑山賊們，最常用的切口。

不過，土復山不是在復陽嗎？怎麼回跑來棘陽？

就在魏延疑惑的時候，大雄寶殿門口的曹朋，則陷入了一陣迷茫！

周倉是關二爺馬前的扛刀將，相傳兩臂有千斤之力，堪稱三國時期的一員猛將。說是扛刀將，可實際上在當時，屬於關羽的裨將。這周倉應該是黃巾餘孽，和同伴落草臥牛山，後來歸順了關二爺。

可是，在真實的三國中，並沒有周倉這個人物……

關於三國演義中的古城會，後世有諸多說法。有的說是在汝南，有的說是靠近東郡。但更多的說法，則是認為古城會中的古城，就位於南陽郡中，葉縣西南。如果古城是在葉縣西南，那麼周倉落草的位置，最有可能是魯山，或者穎川郡境內。但這傢伙，怎跑到了棘陽？

等等，土復山……

「魏大哥，先別動手！」

曹朋突然高聲叫喊，喝住準備出手的魏延，他上前一步，大聲道：「周倉，可認得王猛？」

「你是……」

周倉這一猶豫，曹朋立刻確定了他的來歷。他也不理睬那一臉疑惑之色的周倉，轉身招手，示意王買上前。

「我爹就是王猛，你們是我爹找來的幫手嗎？」

「你是……渠帥的公子？」周倉瞪大牛眼，張大嘴巴。

「我叫王買，我爹在哪裡？」

「你，真是少渠帥？」周倉在遲疑半晌後，突然間歡喜的把手中大刀往旁邊一扔，「我是周倉，是渠帥帶我們來的。」

直到這時候，曹朋才算是鬆了一口氣。

典韋一把攫住了曹朋的胳膊，「阿福，這傢伙也是咱們的人？」

「嗯，是我猛伯找來的救兵……當初我和姐夫去九女城大營時，就擔心會發生什麼意外，所以拜託猛伯去找他當年的老部下。只不過，我沒想到居然會是這傢伙，呵呵，是自己人！」

說著話，曹朋心裡突然浮現出一個疑問。

如果我現在把周倉帶走的話，不曉得將來，又是哪個來為關二哥扛刀呢？

曹朋的眼珠子滴溜溜打轉，已生出一個主意，王買則衝下臺階，跑到了周倉跟前，一把握住了周倉的胳膊，「我爹呢？我爹他在哪裡？」

周倉說：「少渠帥，你莫擔心。渠帥為了掩護你們，帶著一些弟兄與我兵分兩路，引開追兵。你不知道，渠帥本來已做好準備，在龍潭下手，劫走曹家大哥。沒想到我們在龍潭等了半天，卻不見官軍的蹤影。後來我們抓到了一個逃兵，才知道你們竟然在前方動手了……等我們趕過去時，你們已經走了。當時有官軍趕來，渠帥害怕被你們被追上，所以就帶人掩護你們。」

別看王買平時很穩重，可聽到這些話，也不禁急了眼，扭頭朝著曹朋喊道：「我爹去引官軍了，他、他不會被官軍追上吧。」

周倉笑了，「少渠帥放心，那些官軍又豈是渠帥的對手？想當年，我們隨渠帥縱橫南陽郡，幾萬官軍被我們生生拖垮，也奈何不得我們。渠帥的經驗比我都豐富，斷然不會有事……」

「可萬一……」

周倉說是這麼說，可王買哪能放下心來？

他連忙走到曹朋跟前，急切說道：「阿福，要不然咱們去找我爹吧！」

曹朋突然間感覺非常愧疚。在聽到周倉的名字以後，他竟然忘記了王猛的事情……人家可是為了幫忙，才帶著人過來。可自己……

「虎頭哥，你別著急！」曹朋拉著王買的胳膊，沉吟片刻後說：「猛伯應該不會有事！咱們現在就算出去找，恐怕也無處下手。不如這樣，等雨停了，猛伯還沒有回來，咱們再去找他。那時候視線會清楚一些，找起人來也方便一點，總好過咱們這樣子好像沒頭蒼蠅。」

曹汲也走出來，拉著王買輕聲安慰。

「周頭領！」曹朋朝著周倉一拱手，「你和猛伯分手的時候，猛伯可留有什麼交代？」

周倉說：「渠帥只說，若天黑時他沒有回來，讓我們別再等待。」

「那豈不是說，我爹他……」王買又急了，焦急的叫喊道。

曹汲眉頭緊蹙一起，沉聲道：「阿福，這樣等下去也不是個辦法，咱們還是去找一下吧。」

「不用了！」典韋突然開口，「有人正往這邊來，人數不多，應該就是你們說的那些人。」

話音未落，山門外傳來了急促的馬蹄聲……

馬蹄聲越來越清晰，伴隨著一連串極為奇特的口哨聲傳來，周倉長出了一口氣。

「老周，你們回來了！」

山門外，一個洪亮的聲音傳來，緊跟著一個魁梧壯漢走進道觀。乍見有陌生人的存在，王猛立刻停下腳步，下意識攥緊手中長矛，並且向後一退。

「爹！」

一個人影從臺階上衝下來，撲向王猛。

那聲呼喊，讓王猛激靈靈打一個寒顫，手中長矛一下子脫手，跌落在泥水中，水花飛濺。

「虎頭！」

王猛緊走兩步，一把抱住了撲上來的王買。

在大雄寶殿門前，曹汲曹朋和鄧稷，靜靜的站立，看著眼前這父子重逢的一幕，都笑了……

算算日子，今天是正月十五。

父子分別整整十五日！可在這十五天當中，又發生了多少變故？

心裡的牽掛，不足為外人道。王買也從沒有表露出過思念，然則在這一刻，隱藏在王買內心中的感情一下子爆發了。

一直自以為瞭解王買的曹朋，也不禁微微動容。他在心裡嘆了一口氣，腦海中不自覺的，浮現出一個白髮蒼蒼老人的容貌。此生，也許再也無法父子團圓。

一隻大手搭在了他的肩膀上！

曹朋扭頭看，卻見曹汲一臉慈祥笑容，心裡一暖，他緊緊握住了曹汲的手臂：上輩子，我沒能照顧好老爸，可這一輩子，絕不會再有閃失。

章十三

議前程

王猛父子激動過後，王猛也看到了曹汲。

兩個老兄弟，在大雄寶殿門口擁抱一處，千言萬語，卻不知該從何說起。

在鄧稷的提醒下，曹汲把大家都讓進了殿內。本來挺空曠的大雄寶殿擁進來二十多個人，一下子顯得有些擁擠。

周倉先把他的人安頓下來，鄧巨業則端來了煮好的雜麵餅子湯。

這一夥平日裡大塊吃肉、大碗喝酒的好漢們，奔波了一整天，也都餓了。顧不得這麵餅子湯簡陋，一個個津津有味的吃起來。王猛和周倉也喝了一碗麵餅子湯，這才打開了話匣子。

「渠帥……」周倉問道：「情況如何？」

王猛笑呵呵的說：「一幫子蠢材，能奈我何?我帶著他們在棘陽附近兜了一圈之後，便撤了出來。這會，估計那些蠢材還在夾皮溝子裡打轉，一時半會的，恐怕是追不過來。你那邊情況怎樣?」

「和渠帥的狀況一樣，那些蠢材根本就追不上我們。」

說完，兩人忍不住哈哈大笑。

「伯父，這位周英雄……」曹朋忍不住開口詢問。

周倉連連擺手，「小兄弟，這英雄二字，我可是當不得，當不得啊……當年若非渠帥救我性命，周倉早就成了塚中枯骨。只可惜渠帥後來隱姓埋名，否則哪輪得到我在土復山做主呢?」

聽得出，這周倉對王猛很敬服。

王猛在一旁，露出赧然之色。

「老王，你接下來，怎麼打算?」

「接下來……」

不等王猛回答，就聽周倉說：「打算?當然是回土復山，過咱的快活日子去。曹大哥，依我說你們都過去，這幾位兄弟，一看都是有本事的人，咱們在土復山上，也樂得逍遙。」

王猛說：「棘陽咱們待不下去了，眼下也只有去土復山，暫且落足……老曹，要不然你和我一起走吧，你那性子，到哪裡都被人欺負。老周那邊的情況不差，手下也有二、三百個弟兄，周圍的官軍也奈何不得他們。咱們現在土復山落腳，等將來時局好了，再做打算，如何？」

王猛和周倉的言語，惹惱了一個人！

典韋怒道：「大丈夫生於世上，當報效國家。爾等都是有本事的人，為何卻要做那偷雞摸狗之輩？」

王猛和周倉頓時怒了！

「你又是何人？」

「大丈夫行不改名，坐不改姓，陳留典韋，就是某家。」

兩邊言語中，都帶著濃濃的火藥味。

曹汲連忙想勸說，卻被曹朋一把拉住了胳膊，輕輕搖頭，示意他不要說話。

哪知，典韋報名之後，王猛和周倉卻愣住了。

「你，是典韋？」

「正是！」

「可是曹公帳下武猛校尉，典韋典君明？」

典韋巍然不動，傲然頷首。

恐怕也只有典韋，才敢在這種情況下，面無懼色，報出自己的名號。

「久聞典君大名，未曾想今日才得以相見，周倉冒昧了！」

周倉連忙上前行禮，而王猛也拱手，微微一欠身。同時，用疑惑的目光向曹朋等人看去，卻得到了曹朋等人肯定的點頭。

「我等聽人說，典君在宛城……」

典韋老臉一紅，但卻爽快的回答說：「沒錯，典某在宛城遭遇伏擊，險些丟了性命。若非阿福和文長相救，如今也早已成了死人。你們兩個，恁不痛快！我還是那句話，大丈夫練得一身本領，當憑三尺劍，建不世功勳才是。可你二人，怎能只想著去做山賊，毫無志氣呢？」

王猛和周倉相視一眼，無奈苦笑。

周倉說：「典君，非我等無大志，實在是……你也知道，我等原本效力黃巾。張曼成將軍死後，我們便被官軍打散，四處流浪。早年間，我們也動過依附朝廷的心思……可是後來……」

王猛則更簡單，「我們是賊，一日為賊，一輩子是賊。不管怎麼做，朝廷總是提防我們。老周他們當初也想歸附，可險些被官軍所害……那個人叫什麼來著？老周，你跟我說過的。」

周倉苦澀道：「南郡司馬文聘。」

魏延好像突然想起了什麼，脫口道：「我想起來了，你們莫非是那綠林山盜？」

周倉一愣，旋即點了點頭。

「一開始，我們是在綠林山討生活。劉表入主荊襄後，便開始清剿各路英雄。當時就是那個叫文聘的傢伙主持，先把我們騙下山，然後……我們那一戰，損失慘重，最後只好逃到了土復山。」

「原來如此……」魏延恍然大悟。

典韋蹙眉，「劉景升乃自守之賊，當不得什麼大事。他不要你們，你們為何不去投曹公？」

周倉說：「非是我等不想，實無引薦之人。再者，曹公那時還沒有奪取豫州，我們就算是有心投奔，只怕連豫州都無法通行過去。你又不是不知道，汝南穎川世族，對我等恨之入骨。」

想當初，黃巾之亂時，穎川汝南的確是重災區，特別是當地世族豪門，深受黃巾之擾，以至於長社之戰以後，黃巾式微，豫州門閥對黃巾餘孽的打擊，可謂凶殘。

周倉看似莽撞，卻也是個知道輕重的人。他這麼一說，典韋倒是理解了。

「既然如此，何不隨我同行？某家不才，可在曹公面前為你們引介一番，他日也能搏個功名，總好過當一輩子山賊，連娃兒們也要受你們牽連，被他人恥笑。」典韋瞪大眼睛說道。

周倉眼睛一亮，但猶豫了一下之後，向王猛看去。

王猛則看向了曹朋……

「老王，咱們去許都吧！」曹汲看出了王猛的擔憂，「典兄弟既然開口了，也是一條出路。咱這一輩子，估計也就是這樣子了，到哪裡都無所謂。可咱們得為孩子們想想，總不成一輩子做盜匪，你說是不是這個道理？以前，咱們在許都沒人，怕受欺負。可現在，有兄弟在，也算是有了依靠……虎頭年紀也不小了，到了許都，再歷練一下，說不得將來也能做個將軍。」

曹汲這一番話，說中了王猛的心事。當初，他為什麼離開黃巾軍？一方面是因為看出，黃巾軍已不成氣候；另一方面，也是為王買的將來考慮。

「如此，可就要拜託典君了！」

典韋咧開大嘴，哈哈大笑，「好說，好說。」

他拍著胸膛打包票，也讓王猛等人更加放心。

「渠帥……」

「老周，既然咱們決意投奔曹公，渠帥二字，以後切莫再提了。叫我一聲大哥，足矣！」

周倉連忙點頭，道：「大哥，我山裡還有些弟兄……」

「一起來，一起來。」典韋笑道：「曹公立志興復漢室，如今正需人手相助。待我回去之後，為你們引介就是。」

周倉說：「我寨子裡還有些瑣事，恐怕一下子也不能過去。而且，我雖然想投奔曹公，可寨子裡的弟兄未必都願意……不如這樣，大哥隨典君先去，我和左丘回寨子，把事情處理一下。待安排妥當之後，我帶著兄弟們前去投奔曹公……典君，你以為這樣子，如何？」

典韋倒是無所謂，輕輕頷首。

還是曹朋提醒說：「叔父，周倉他們到時候去了汝南，總需有個信物，來證明身分。不如你留下一件東西，到時候他們也省了麻煩，而且回去以後，也能讓寨子裡的人安下心來。」

「如此……你就持我大戟回去吧。」

典韋想了想，把雙鐵戟取出一支，交給了周倉。

大家圍坐一起，又詳細了商議一下細節……外面的雨，漸漸變小了！

王猛說：「雨停了，咱們也盡快上路吧！這裡雖然隱蔽，但終究不太安全……老周，你給我留下十個人，你和左丘帶其他人趕回土復山。到時候，咱們兄弟在許都見，一起做番大事業。」

周倉答應一聲，點了十個人留下，然後帶著其他人，便告辭離去。

而曹朋等人則收拾了一下，讓鄧巨業趕車，張氏、洪娘子和曹楠坐在馬車上，其餘人騎馬，踏著雨後的斜陽，離開了老君觀！

九女城大營裡，黃射有些木然的坐在正中央。

陳就跪在案前道：「少將軍，末將無能，被那些賊人跑了！」

黃射看了陳就一眼，擺擺手說：「跑就跑了吧……反正那些賤民，也折騰不出什麼風浪。」

「少將軍……」

「咱們該回家了！」黃射起身，輕聲道：「龐老頭把咱們告了！沒想到那老東西居然為個賤民……家父派人說，江夏那邊有點不太平，讓咱們立刻回去。明天一早，鄧濟會過來交接。」

他說著，繞過長案，走出了軍帳。

雨後的空氣格外清新，黃射深吸一口氣，突然嘴角一翹，自言自語道：「曹朋，算你好運氣！」

章十四
仇人相見

涅陽，桃園。

十五過後，天氣漸暖，放眼望去，滿山桃紅。

張仲景正坐在滿園桃紅下，苦思冥想的撰寫著一部醫書，書名《傷寒論》，早在他還是長沙太守的時候，便生出了這樣的念頭。在經歷了南陽大瘟的災難之後，他終於可以放下心，來編寫這部在後世醫學史上有著巨大影響力的醫學巨著，但顯然，這並不是一樁易事。

老管家茂伯佝僂著身子，走上前來。

「老爺，黃射走了！」

張仲景的筆一顫，抬起頭來：「如此說，曹家小兒果真劫走了他的父母？」

茂伯說：「應該是成功了！昨日棘陽縣全城戒嚴，鄉勇四出，足以說明所有的問題。剛才大爺過來，說龐德公親上襄陽，當面責問劉荊州，使得劉荊州這個新年，也過得不太舒坦。」

張仲景聞聽，卻笑了！

他是一名醫者，但同時他也是一個官員。政治上敏銳的嗅覺，讓他馬上捕捉到了這裡面的關鍵。

此前，他之所以收留鄧稷，甚至不惜幫助曹朋，是出於醫家的本心，同時也是為了當初的一個承諾。黃月英離開涅陽的時候，曾拜託他去看護一下曹朋，還留下了一封書信。沒想到黃月英前腳剛走，黃射就把他調去了襄陽。劉表的夫人並無什麼大礙，所以張仲景很爽利的便解決了問題。只是當他返回涅陽的時候，卻聽說曹朋隨他的姐夫，前往九女城應徵。

隨後，便發生了夕陽聚之變……

涅陽張氏，或許算不得什麼世族門閥，可也是當地的豪族。張仲景更做過秩比兩千石的長沙太守，這其中的奧妙，他焉能看不清楚？

說穿了，無非是所謂的世家顏面。黃射算計曹朋，從世家的角度來說，也算不得什麼大事，可他後來斬盡殺絕的手段，讓張仲景非常不滿。

所以，張仲景出手襄助曹朋，但從始至終，也沒有和曹朋照過面。甚至連黃月英那封書信，張仲景也沒有送給曹朋。在他看來，這封書信還不如不送，免得將來再有糾葛，畢竟，曹朋不管怎樣，和黃月英都是兩個世界的人……內心裡，張仲景還是有一些偏向黃射。醫家悲天憫人，但世族門閥的力量，絕非張仲景這樣的人能夠抗拒。

茂伯說：「聽說曹家這次劫人，可是調動了不少力量。」

「哦？」

「大爺那邊得來的消息是，九女城大營死傷近百……據說江夏黃氏部將陳就曾率兵追趕，卻被對方耍了一個團團轉。折損了二十多名騎軍不說，連對方的影子都沒看到……」

張仲景放下了手中的筆，「看起來，曹家小兒的背後有人幫忙？」

「不太清楚，但據大爺打探來的消息，曹家小兒身邊的那個人，好像是曹公帳下武猛校尉，典韋。」

張仲景的眼睛，頓時閃過一抹冷芒，「典韋？不是死了嗎？」

「張繡那麼說，可生不見人，死不見屍，也許典韋沒有死呢？」茂伯輕聲一語。

張仲景嘆了口氣，把筆拿起來，想了想問道：「你說，龐德公為何會為曹朋出頭？」

「這個，我可就說不清楚了。」

「你和那曹朋也有過接觸，對此人如何看待？」

茂伯歪著頭，想了想說：「我和他並沒有說幾句話，只是他好像練過一些神仙術，也不知道師承哪位老神仙。他倒是有幾次想和我說話，卻又因其他緣故，一直沒能真正的接觸過。」

「以我對他的觀察，這孩子平淡無奇，也看不出什麼特別的地方。平日裡更多的是他姐夫鄧稷出面……那鄧稷倒是個有本事的人，不過似乎對那孩子很重視，有時候甚至是以那孩子為主。之前我曾經去棘陽打聽過他的事情，但棘陽那邊也說不清楚狀況，只說蒯正對他很親熱……老爺，他姓曹，曹公也姓曹……你說二曹是否為一曹呢？」

張仲景陷入了沉思：「老茂，可還能聯絡到當年道友？」

茂伯說：「聯絡倒是可以聯絡到，只是五斗米僅限於西南，恐怕未必能打聽到其他事情。」

「試試看吧！」張仲景說：「如果曹家小兒身邊跟著的真是典韋，那他肯定會去許都。曹公此次宛城雖敗，卻未傷元氣。他奉天子以令諸侯，佔居了大義之名，早晚必再取宛城。我看曹公也是個做大事的人，值得關注一下。不如這樣，你想辦法聯繫馬真，讓他去許都。」

「可馬真剛在河北站穩腳跟……」

張仲景想了想，「倒也是，若這時候放棄了，確是有些可惜。只是張家子弟當中，似難有大作為者，否則……不如這樣，你去和大哥說一下，實在不行，就讓伯陽走一趟，去看看情況吧。」

張仲景是一個醫者，但同時也代表了涅陽張家。他要考慮的事情，不僅僅是醫學上的，還包括了一些政治上的問題。不把所有雞蛋放在一個籃子裡，不僅僅是世族門閥經常使用的手段，也是張仲景這樣的地方豪族，做出的選擇。

張仲景說：「若非我現在編撰醫書走不開否則我就親自去一趟許都……」

茂伯笑了笑，並沒有接口。

他見張仲景又低下頭，繼續埋首於醫書當中，便佝僂著身子，悄然退下。

曹朋坐在馬上，突然打了一個噴嚏。

「阿福，可是不舒服？」

曹朋揉了揉鼻子，笑呵呵道：「哪有不舒服？我估計啊，是什麼人在罵我呢。」

王買頓時笑了，兩腳輕輕一磕馬腹，胯下坐騎緊走兩步，就到了曹朋的身邊，「阿福，許都什麼樣？」

「呃，我又沒去過，哪裡會知道？」

「不曉得是不是比宛城大呢？呵呵，我長這麼大，還沒有去過那麼大的地方呢。以前倒是和我爹去過兩次舞陰縣，人好多啊……不曉得許都是不是比舞陰的人還要多呢？」

王買一臉的憧憬之色，話語中帶著一絲期待。也許，對於每一個從小城市走出來的孩子而言，帝都是一處充滿希望之所。

曹朋倒是沒什麼特殊的感覺……許都再繁華，能繁華過後世的城市嗎？

只不過，他也不會去破壞王買的夢想。十四、五歲，不正是一個造夢的年齡……

「大熊，你到了許都，想做什麼？」王買突然回頭，大聲的問道。

鄧範騎術不是太好，所以就陪著他老爹鄧巨業，坐在馬車上。

鄧範說：「我就想有錢了，在許都買一個大宅子，讓我爹和我娘，能舒舒服服的住在裡面……嗯，比叔爺的房子還大。」

叔爺，就是鄧濟的老子，也就是鄧村的族長，一個老奸巨猾，卻又膽小怕事的老傢伙。

聽了鄧範的話，鄧巨業忍不住笑了。

因為從鄧範的回答中，他感受到了兒子那份濃濃的孝心。

曹朋笑了笑，催馬追上典韋：「典叔父，咱們這要走到什麼時候啊。」

典韋用手向前一指，「繞過前面那座山，就是郎陵治下。到了郎陵，基本上咱們就算到家了！」

離開老君觀，已過去了五天。

五天當中，眾人曉行夜宿，一路倒也還算順暢。

黃射沒有繼續派兵追趕，所以大家漸漸的也就放鬆下來。走在比水河畔，但見楊柳青青，春意盎然。從棘陽到確山，正好是從比陽和舞陰縣中間穿行。曹操退出南陽郡，張繡復得舞陰，為彌補和劉表之前的裂痕，雙方決意在兩縣之間不設關卡。

關係是否修復天知道！不過這卻便宜了曹朋等人，一路下來，暢通無阻。

說起郎陵，最著名的莫過於郎陵罐酒。

相傳，漢高祖劉邦抱病巡遊郎陵，飲當地美酒，心中喜悅，竟病癒而還。從那之後，郎陵罐酒就成了當地極為著名的產物，甚至還被作為貢酒，每年向朝廷貢奉……

「喝正宗的郎陵酒，得去獨山李家鋪子。」

也許是回到了自己的地盤，典韋一路上都顯得很興奮。想想也是，死裡逃生一回，兜轉了大半個南陽郡……安全了，輕鬆了，而且回到許都，就可以和家人團聚了！這心裡的喜悅之情，自然溢於言表。

「你別看到處都掛著郎陵酒的幡子，都是假的！去年我隨主公攻佔郎陵後，和許老虎走遍了整個縣城。如果不是當地人告知，肯定會上當。」典韋笑呵呵說道：「等一會，我請你們去李家鋪子喝酒。」

王猛曹汲和魏延都笑著連連點頭。

曹朋卻突然勒住馬，指著前方問道：「典叔父，怎地前面設有關卡？」

一條通往縣城的筆直大道上，一個關卡設立在路中央，兩邊車馬行人，排成了長龍……

典韋一蹙眉，自言自語道：「好端端，這裡怎多出這麼一個關卡來？」

郎陵是汝南和南陽郡的中轉站，南來北往客商，通過郎陵將汝南的貨物輸送到南陽郡，又通過郎陵縣，把南陽郡的特產運送至汝南，而後行商天下。

所以，無論是曹操還是劉表，都特意的維持著這條商路的暢通。

典韋身為曹操的宿衛親隨，雖不負責什麼政務，可是卻時常從曹操口中得知外面的狀況。

郎陵，不能封鎖！

這是曹操在入主豫州之初，便訂下的規矩。

可是看這路上的關卡，典韋就知道，曹操的規矩，被人給破壞了！

「一個人就要十大錢，一車貨物就得五貫錢……這算下來，還有什麼賺頭？」

一個商販嘀嘀咕咕的從旁邊走過去，典韋不由得眉頭一蹙。

曹朋連忙催馬上前，攔住了那位商販，「這位長者，敢問你剛才說什麼一個人十大錢，一車貨物五貫錢，究竟是怎麼回事？」

商販先是一怔，見曹朋一副尋常人打扮，於是看了看四周，見沒人留意，便輕聲道：「這位公子看起來是第一次來這裡，這是新任郎陵長定下的規矩，說是過路稅。從十天前，便設立了這個關卡，過往的行人車輛，必須要交納稅錢，才可以從這裡通行。如果不交這個錢，就不能從這裡通行，弄不好還會被扣押貨物。」

「新來的郎陵長說，今戰事雖息，但盜匪肆虐，縣衙要剿匪，就必須要支付足夠的糧餉和錢帛。可縣衙現在沒錢，所以就把主意打到了我們的頭上……我不和你說了，若是被人聽到，少不得又是一番刁難。這位公子，你多保重。」

商販行色匆匆的走了，曹朋扭頭看了一眼典韋，卻見典韋的臉色格外難看。

「典叔父，不過是一些跳樑小丑，你又何必生氣？曹公運籌帷幄，卻無法事必躬親。此必為宵小所為，到時候回了許都，你把這裡的情況告訴曹公，想來曹公一定會妥善的處置。」

典韋覺得非常丟臉，同時也非常惱火。

這一路上，他把曹操誇得好像花兒一樣，似乎在曹公治下人人可以安居樂業，官吏們也盡心盡責。可眼前這一幕，卻讓典韋覺得，自己先前的那些話變成了笑柄。

「這郎陵長，該死！」

「一顆老鼠屎，能壞了一鍋湯。叔父若為了這種事情生氣，那才是划不來呢！」曹朋笑著道：「對了，你不是說要請我爹他們喝正宗的郎陵酒嗎？呵呵，小侄還等著叔父你來請客呢。」

「嗯……」典韋重重的哼了一聲，點了點頭。

一行人繼續上路，隨著大路上的人潮，慢慢走向那路中央的關卡。

關卡前，傳來一陣哭喊聲。

只見兩個差役把一個商販模樣的男子推倒在地，把他的貨物強行拉到了旁邊。那商販苦苦哀求，可差役卻聽若罔聞。

一個差役抬腳，把那商販踹翻在地，惡狠狠的罵道：「你這老兒好不曉事。過路交稅，那是天經地義……我家老爺也不為難你，想通行，就交稅，如若不然，那貨抵稅。我告訴你，就算是你哭破了天，也無法改變，此乃曹公之命，哪個膽敢違抗？」

「可是……我的錢都押在這貨物上，你們把貨物搶走了，我一家該怎麼活呢？」

「老子管你怎麼活？」關卡裡，一個軍官模樣的男子大聲喊道：「怎麼還不把他趕走？耽擱了事情，小心成老爺問罪。」

那嗓門聽上去有點尖亢，曹朋一瞇眼睛，覺得這人有點面熟。

可一時間，又想不起在何處見過對方，只得皺著眉頭，和典韋一同往前走。

「兀那黑廝，還不立刻下馬？」

一個差役上前攔住了典韋，還想破口大罵，可是看典韋那副樣貌，到了嘴邊的髒話，生生咽了回去。

典韋虎目圓睜，厲聲吼道：「老子好端端的走路，你這傢伙，為何攔路？」

差役被典韋的吼聲，嚇得激靈靈打了個寒顫……

「我、我……」他突然一挺胸膛，鼓足了勇氣說：「我家老爺有令，即日起，所有自郎陵通行者，都必須繳納過路稅。一個人十大錢，一匹馬五十錢，一輛車五貫錢。哪個膽敢不遵，就是造反，是抄家滅門的死罪……你們，一共二十三個人，二十匹馬，一輛車……加起來一共是六貫又兩百三十錢。另外，你們攜帶兵器，需繳納平安稅，湊個整數，一共七貫。」

「平安稅？」

那差役梗著脖子，大聲道：「就是平安稅！你看你們都帶著兵器，萬一在城裡和人起了衝突，我們還要負責維持。廢話少說，交錢！」

典韋怒極而笑，「我交你個祖宗！」馬鞭掄起來，啪的一下子就抽在了那差役的臉上。典韋多大的力氣，這一鞭又是怒極出手，只一鞭下去，就把那差役打得是皮開肉綻。

「打人了，造反了……」

那差役捂著臉，一邊慘嚎，一群差役呼啦啦從關卡後面衝出來，為首的男子，生的瘦瘦高高，三角眼，山羊鬍，眼珠子略有些發黃。

「哪個吃了熊心豹子膽，敢在這裡鬧事！」山羊鬍一襲黑衣，厲聲喝罵。

曹朋這時候，眼睛卻不由自主的瞇了起來：「你可是姓程？」

山羊鬍一整，瞪著三角眼，打量了一下曹朋，「沒錯，我是姓程，你又是哪個？」

曹朋突然笑了。只見他兩腳一磕馬肚子，胯下戰馬希聿聿一聲長嘶，倏地長身竄出，眨眼間就到了山羊鬍的跟前。

「為虎作倀的小人，還記得你家小爺嗎？」

山羊鬍有點糊塗了，「你個小雜種，唬老子嗎？」

曹朋卻不怒反笑，「虎頭哥，還不過來見見咱們的三老大人？想當初，你在中陽鎮與成紀狼狽為奸，羞辱我娘，害得我一家人背井離鄉。我正想著去哪裡找你，沒想到你卻跑來這邊。」

王買縱馬上前，一眼便認出了這三角眼，正是當初中陽鎮上的三老。

想當初，曹朋的母親張氏，為去中陽山求取符水，想把自家祖傳的玉珮賣掉，換些錢財。哪知道卻被當地的土豪看上了手中的玉珮，強買不成之後，還勾結了這位三老，誣陷張氏。

曹朋至今仍記得，這傢伙當時是如何助紂為虐，只不過因為不清楚他的住處，所以當晚曹朋只殺了成紀，而放過了這個傢伙。

不過，欺辱母親的仇恨，他可是從未忘記過。瘦削清秀的面頰，陡然閃過一抹陰冷之色，曹朋二話不說，也不與那傢伙廢話，抬手摘下鋼刀，手起刀落……

「喀嚓！」山羊鬍眼中猶自帶著難以置信的神采，便倒在了血泊之中。王買更不客氣，躍馬

章十四 仇人相見

擰槍，狠狠插在山羊鬍的胸口。

他誣陷了曹朋的母親，還差一點害死了王買的父親。

這二人突然出手，毫無半點預兆，以至於在旁邊的典韋有心想要阻攔，還是慢了一步……

章十五

郎陵風波

「阿福，你幹什麼？」

典韋對這些人惱火歸惱火，卻不代表他可以擅自處置對方。

魏延笑道：「典校尉，都這個時候了，還問什麼『幹什麼』？這些人魚肉鄉里，死有餘辜。」

說著話，他縱馬上前，龍雀大刀呼嘯著上下翻飛，戰馬所過之處，留下遍地的殘骸。

在關卡前排隊準備通關的那些人，見此情況，立刻一哄而散。

鄧稷上前，對先前那個被扣留了貨物的商販道：「你這蠢貨，還不帶著你的貨物走？等著傾家蕩產嗎？」

「啊……」商販愣了一下，旋即露出感激涕零的表情：「多謝幾位英雄，多謝幾位英雄。」

他連忙招呼兩個夥計，推著車，快步離去。

而此時，夏侯蘭、鄧範也都動手了！關卡裡總共不過十幾個差役，哪架得住這麼一幫子人的砍殺？只片刻工夫，便被殺得乾乾淨淨。

魏延猶自不過癮，在那關卡上點了一把火，哈哈大笑。

「阿福，你們這是……這些人該死，可自有朝廷律法處置。你們怎麼可以擅自就動手殺人呢？」

「害蒼生者，蒼生皆可殺之。」曹朋一臉平靜，看了一眼典韋，「典叔父，怎麼到了自己的地盤，你卻膽子變小了？想當初，你在宛城、在棘陽，殺人無數，可曾如此囉唆？這些傢伙，多留一日，就會對曹公多一分危害。早一日殺死，早一日天下太平……你常說大丈夫當縱意，怎麼這會卻瞻前顧後。」

典韋被曹朋說了個滿面通紅。

王猛和曹汲也趕上來，看了一眼地上的死屍，只淡淡一句：「殺得好！」

典韋苦笑一聲，「小阿福，未想到你這殺性，比我還大……也罷，這些人，殺了就殺了，值不當什麼。不過咱們還是快點離開這裡，免得麻煩上身。」

一行人也不耽擱，再次啟程上路。

只不過，他們想走，卻沒那麼容易了！

走出不過十里地，只聽身後傳來一陣急促的馬蹄聲。並伴隨著一連串的叫喊聲：「休走了賊人，休走了賊人……」

典韋勒馬，回頭看去，只見大路的盡頭，煙塵翻滾。典韋眉頭一蹙，輕聲道：「阿福，你們只管走，我留在這裡。」

見典韋要獨自迎敵，曹汲也正色道：「典兄弟，你這就不對了！是我家朋兒惹出來的禍事，怎能讓你獨自面對？這樣吧，我和老王都留下，其他人護著車輛先走，你看這樣安排，如何？」

典韋並沒有說什麼，只是輕輕的點了點頭。

遠方馬蹄聲越來越近。

「休走了反賊，休走了反賊！」

呼喝聲越來越清晰，漸漸的，就見一隊人馬從遠處飛快趕來。數十騎衝在最前面，隨後是一隊步卒。當先是一個小將，生的倒是眉清目秀，齒白唇紅，只是那眼睛有點細長，嘴唇略顯單薄，讓人感覺是個刻薄寡恩的傢伙。

他衝在最前面，胯下馬，掌中一桿長矛。遠遠的就看見典韋等人橫在道路中央，這小將頓時精神大振。

「賊子休走，郎陵縣尉成莫言在此，爾等還不下馬就縛，更待何時！」

典韋樂了，「小小縣尉，竟張狂若斯？」

一句話，使得曹朋等人，哈哈大笑……

成莫言一見典韋等人不把他放在眼裡，心中頓時怒火中燒。他從小習武，練得一手好矛。早先在舞陰縣的時候，便有中陽一條槍的綽號，小有名氣。

後來，曹操兵發南陽郡，諫議大夫曹洪率部兵臨舞陰，與河南尹夏侯惇合兵一處。成莫言的老子，也就是舞陰縣縣令成堯，一見曹軍勢大，二話不說，舉城獻降。也許是想要安撫人心，也許是其他的原因，曹操對成堯很看重，雖把他調離舞陰縣，卻當上了郎陵縣縣長。

成莫言隨著老子一同赴任，很輕鬆的便成為郎陵縣尉。

如果郎陵是一個上縣，成莫言斷然做不到縣尉；偏偏郎陵是個下縣，也就沒有人什麼關注。

按照曹操的想法：成堯是南陽郡人，讓他出任郎陵縣，一來可以保證汝南和南陽郡的商路暢通，另一方面也能吸引一些荊襄人才。

可是曹操沒有想到，他前腳剛走，成堯後腳就開始亂來。

「賊子找死！」

成莫言其實心裡面也很清楚，他父子二人初來乍到，在郎陵毫無根基。能不能站穩腳跟，只看他們身後那人的心意。可要想拉近和那人的關係，就需要大量的錢帛。而這個，也正是他父子目前最缺乏的東西。成堯之所以橫徵暴斂，說穿了，就是想要和那個人拉近關係。

同時，他們也需要展現出足夠的手段，否則就很難震懾下屬。

眼前這些人，就是他父子立威的最佳對象！

成莫言想到這裡，也懶得再和典韋廢話，躍馬擰槍，分心就刺。他對自己的槍矛，還是頗有信心，一槍刺出，銳風呼嘯。

典韋冷笑一聲，剛要縱馬迎上，不想在他身後的王猛，已搶先衝出，掌中三十六斤的鐵矛，掛著風聲呼的就砸向成莫言。

「典兄弟，殺雞何用牛刀，且讓我練一練手吧。」

王猛很清楚自己的情況，也知道這個時候，是他向典韋展現的最佳時機。所以，不等典韋開口，他搶先就衝了出去。

二馬照面，王猛鐵槍力若千鈞，向成莫言凶狠砸落。

論槍法，王猛未必比成莫言的槍法精妙。就如同一個科班出身，一個野路子，完全無法相比。不過，王猛勝在身高力大，而且戰鬥搏殺的經驗，遠非成莫言可以比擬。

想當年在張曼成手下，王猛就是以悍勇而不畏死著稱。所謂橫的怕愣的，愣的怕不要命的……成莫言槍法再精妙，面對王猛這種搏命殺法，也頓時慌了手腳。他那一槍刺出，固然能要了王猛的性命，可王猛一矛落下，也能砸碎他的腦袋。自己大好的前程，怎是一個賊子可以相提並論？

於是成莫言連忙變招，舉矛相迎。

可這一來，他就等於掉進了王猛的節奏當中……

一聲巨響，戰馬狂嘶。二矛交擊，王猛明顯佔據了上風。成莫言胯下馬希聿聿暴嘶，連連後退。而成莫言更因為硬接了王猛這一矛，被震得手臂發麻。

這傢伙，好大的力氣！

成莫言這念頭剛起，王猛已到了跟前。

鐵矛被蕩開之後，王猛並沒有就此停下，反而催馬再次撲出。重達三十六斤的鐵矛在空中劃出一道弧線，掛著一股罡風，再次落下。狂風暴雨般的打擊，令成莫言無處躲閃。

一個照面，王猛揮擊十數擊，壓迫得成莫言連連後退。

「霸王三甩？」典韋不由得低呼一聲。

他認得王猛的打法，是一種以力取勝的妙招。

所謂霸王三甩，相傳是楚霸王項羽所創。講的是力大、槍快、狠辣……據說當年楚霸王垓下被圍時，眼見漢軍重重包圍，卻毫無懼色，帶著部下殺出重圍，將漢軍殺得是血流成河，當時楚霸王用的，就是這霸王三甩。

這傳說是否真實，已無從考究。但凡武將，大都知曉霸王三甩，可想要用得好，卻非易事。典韋也會這招，而且比王猛用得更好，但此時見王猛施展出霸王三甩，還是忍不住眼前一亮。

王猛已達到易骨巔峰，而且經驗豐富。這搏殺一旦進入了他所熟悉的節奏裡，勝負早已分出。

說時遲，那時快，成莫言連擋十三槍，已是汗流浹背，手腳發軟，膽魄消失無蹤，哪裡還敢再打下去。在用力崩開王猛第十三槍之後，成莫言大叫一聲，撥馬就走。

就在他撥馬的一瞬間，王猛躍馬上前，口中一聲暴喝，鐵矛掄圓了呼的落下

「小賊，哪裡走！」

成莫言被他這一聲猶如悶雷般的怒吼，嚇的一失神。大槍落下，再想躲就來不及了，只聽啪的一聲，鐵矛就拍在了成莫言的頭頂，剎那間，成莫言腦漿迸裂……

王猛取勝的一剎那，典韋也發出了一聲暴喝：「爾等不走，作死不成？」

這一聲暴吼，可說的上是運足了丹田氣，聲如巨雷，在蒼穹迴盪。

隨成莫言追趕過來的鄉勇們，被吼得頭皮發麻，耳根子嗡嗡直響。更有那騎軍的胯下坐騎，希聿聿嘶吼，再也無法安靜下來。

「縣尉死了！」

也不知是誰大叫一聲，一干鄉勇掉頭就跑。

前面的騎軍還好一些，畢竟有戰馬代步。可後面的鄉勇剛追上來，就看到自家縣尉被打得腦漿迸裂，氣喘吁吁的掉頭就走，手裡的兵器也不要了，往路旁一扔，一個個撒腿狂奔。

典韋呼出一口氣，「老王兄弟，別追了！讓大家見笑了……也不知這郎陵長是什麼人。滿伯寧素來剛毅忠直，嫉惡如仇，怎容得這等人竊據高位？」

曹朋問道：「滿伯寧？」

典韋點頭道：「就是滿寵滿伯寧，汝南太守。」說罷，他又搖了搖頭，「看起來，咱們路過平輿時，我需拜訪一下滿寵，問清楚郎陵狀況。」

曹朋微微一笑，「只怕那位郎陵長，不會這麼善罷甘休吧。」

章十六 嫉惡如仇滿伯寧

郎陵，縣衙。

成堯好像發瘋了一樣，把桌案掀翻在地。整潔的書房，此時狼藉一片，一卷卷竹簡散落在地上，傢具擺設，更東倒西歪，傷痕累累。

「我誓殺此賊，我誓殺此賊！」

成堯憤怒的咆哮著，俊朗的面容，因扭曲而變得格外猙獰。

成莫言的屍體，就在擺在縣衙裡的臺階上。成堯的老婆在院子裡放聲哭嚎，又是跳腳咒罵，又是伏地痛哭，整座縣衙充滿著一股詭異的氣息，差役僕人們更是一個個噤若寒蟬。

不過，成堯咆哮歸咆哮，卻是個冷靜的人！

成莫言是他的愛子，卻非他獨子。失去了愛子，固然很痛苦，但若因此而失去冷靜，那就是滅頂之災。

成堯在發洩了一陣子之後，終於平復了心中的激動，邁步走出書房。耳邊迴響著女人的哭號聲，剛平復的心情，一下子又變得混亂起來。心中陡然生出一股暴虐殺氣，成堯跑到女人身邊，抬腳把那女人踹翻在地，然後按著她，一頓拳打腳踢，口中猶自罵著：「哭，哭，就知道哭！老子被妳哭得晦氣，再敢哭一聲，我就殺了妳，讓妳去陪兒子。」

成莫言的老娘，頓時止住了哭聲，蹲在旁邊，駭然看著成堯。

「都給我閉嘴……成整，給我過來。」

成堯深吸一口氣，讓自己平靜下來。而後整了整衣衫，抬手對一個老家奴說道。

這老家奴就是成整，跟隨成堯已有多年。他這一次陪著成莫言追殺典韋，不過當成莫言被殺之後，他卻第一個跑路……心中不禁忐忑！看到成堯對老婆拳打腳踢，成整的臉都白了！

不過，怕歸怕，成堯喚他，他也不能不去。

留下滿院子心驚肉跳的家奴差役，成整整理了一下衣衫，邁步走進書房。

他知道，老爺對衣裝非常講究。成堯不是世族子弟，也算不得什麼豪門出身。但也正因為這樣，他對世家子弟的規矩充滿了嚮往，甚至一舉一動，都要模仿世家豪門的風範……連帶著，對家奴下人，要求也格外嚴格。

成整走進書房，就見成堯那座最為重要的鈕紋貔貅熏香爐已變成了碎片；那一盒子從西域購買來的昂貴香料，更散落一地，心知此時此刻，成堯一定是無比憤怒，於是連忙上前跪下。

「和我說說，那夥人的情況！」成堯坐在床榻上，一臉平靜，「敢如此張狂，殺人後還不急於逃亡，背後一定是有所依恃……那些賊人，絕對不是什麼亡命之徒……」

「老爺高明！」

「別廢話，快說！」

成整見成堯沒有責怪他的意思，心裡總算是鬆了一口氣。

他想了想，便把他見到的情況一五一十的告訴了成堯。末了，他小心翼翼的說：「老爺若不提醒，老奴還沒有感覺。您剛才那麼一說，老奴也覺得那些人的來路，恐怕不那麼簡單。那些人顯然是殺過人，見過血的凶殘之徒，他們手中的兵器，也都不是普通賊人可以持有……而且其中一個黑大漢，顯然是他們的首領。從頭到尾，那傢伙就沒有出過手，但氣勢卻最盛。」

「那黑漢，長的什麼模樣？」

「很高，很壯，而且很凶惡，讓人不敢看……」

成整說的是實話，可又等於什麼都沒說。

成堯眉頭一蹙，沉吟半晌後說：「氣勢不俗，而且還持有兵器，非富則貴，難道是世家子弟？」

成整想了想，突然輕呼一聲，「我想起來了！那黑漢身邊還跟著一個少年。他和那黑漢幾乎是並立，而且其他賊人，好像都護著那少年……老爺，據說在關卡，就是這少年率先出手。」

「驕狂，動輒殺人，倒是有些世家子弟的風範。」

成整是順桿爬，卻把成堯帶進了一個死胡同。他越想，就越覺得典韋這一行人，是豫州某個世家門閥的子弟。在關卡時，可能是被那些差役惹怒了，所以出手就殺人，毫不留情……

汝南世族原本眾多，但因為和袁家關係密切，在曹操奪取汝南時，一個個都採取了不配合的姿態。後來還是曹操派出了滿寵，一個個剿滅，攻破二十餘座塢堡，殺得汝南世族不得不低頭。

而在汝南郡臨近的穎川，更是世族盤踞之地。

這些世族，與曹操有著千絲萬縷的關係。且不說荀彧、荀攸叔侄出身的荀氏家族，還有鍾氏、陳氏……屈指一算，穎川林立大大小小門閥數十家，而且在曹操帳下，都佔據一席之地。

如果是這些世家的子弟，那成堯想報仇，可就有點難了……

「老爺，要不然派人去向曹將軍求助？」

成堯想了想，「若那些人是穎川子弟，恐怕曹將軍就算願意為你我出面，也難討回公道。」

「那怎麼辦？難道小少爺就這麼白白死去？」

「廢話！」成堯眼睛一瞪，而後冷笑道：「就算是穎川子弟，又能如何？曹將軍奈何不得他們，可不代表別人奈何不得。這樣，你立刻去拜會曹將軍，就說穎川子弟欺辱我等，請他為我做主。我會立刻上表平輿，將此事報與滿伯寧。嘿嘿，那可是個嫉惡如仇的強項之人。」

「滿太守？」

成堯一笑，「放心，滿伯寧……絕不會心慈手軟！」

殺了成莫言之後，典韋反倒變得輕鬆了。

「似這等貪官污吏，活該被殺。」

鄧稷卻微微一蹙眉頭，輕聲道：「這郎陵長的確該殺，只是事情恐怕沒有那麼簡單吧。」

「叔孫，你這話怎麼說？」

鄧稷笑了笑，揉了揉面頰，「郎陵雖是下縣，卻是汝南郡西南屏障，意義極其重大。一個小小的郎陵長，不管他多大的膽子，居然敢私設關卡，這件事本來就有些古怪。我猜他背後一定還有人，若非他背後有人，焉敢如此肆意妄為？曹公律法森嚴，他難道就不怕死嗎？」

「你是說……」典韋立刻明白了鄧稷的意思。

不過，典韋又怕誰來哉？他大笑一聲，「不管是誰，若犯了律法，誰求情都沒用。我聽說，主公為洛陽北部尉的時候，設五色棒，連當時權閹蹇碩的叔叔都敢打。如今他執掌朝綱，更不會放過一個宵小。」

鄧稷當然也聽說過這件事情，事實上，當時他還對曹操極為敬重。不過，此一時，彼一時。昔年曹操敢怒殺權閹，如今身分地位都不一樣了，他還能夠如當初剛正不阿嗎？

只是這些話，鄧稷不可能說出口來，也只是在心裡想想而已。

「大哥，前面有官軍攔路！」

就在眾人邊走邊說話的時候，一個土復山的好漢，縱馬回來，在王猛身前停下。

雖說王猛要追隨曹操，一行人中，典韋權勢最盛。可在這些土復山的好漢眼裡，王猛始終都是他們的渠帥。

典韋一聽有人攔路，勃然大怒：「我倒要看看，是哪個夯貨，敢攔我的路！」

說完，他縱馬衝了出去。

大路上，一隊人馬橫在中央。

正當中一匹戰馬，馬上端坐一名文士。說他是文士，卻又一副武將打扮，可偏偏，舉手投足莫不流露出儒雅之氣。

在他身後，一隊悍卒列隊，陣勢森嚴。

見典韋衝出來，那文士舉目凝神，忽然間臉色大變，眸中閃過一抹狂喜之色。

只見那文士縱馬衝出本陣，一邊跑，一邊大聲喊道：「可是典君明尚在？可是典君明尚在……山陽滿寵在此！」

滿寵，字伯寧，年三十有二，兗州山陽昌邑人。

十八歲的時候，滿寵便坐上了山陽郡督郵。當時山陽郡豪族眾多，而且多有部曲，其中又以一個名叫李朔的人最為張狂，為害鄉里，肆無忌憚。時山陽郡太守便命滿寵前去糾察，李朔等人聞訊，立刻前來請罪，並表示再也不敢作惡……滿寵這剛烈強項，由此可見一斑。

二十歲時，滿寵出任高平縣令。縣中督郵張苞貪污受賄，干亂吏政。滿寵聽說之後，立刻將其人抓捕，並嚴刑拷問，致使張苞受刑而死。滿寵也因為這個原因，而被免去了官職。但他剛硬之名，兗州治下無人不知。

曹操到兗州之後，便征辟滿寵為從事。

建安元年，曹操移漢帝於許縣，也就是現在的許都，滿寵出任許縣縣令。

當時諫議大夫的親戚賓客，在許都治下多次犯法。滿寵將他們抓捕起來後，不理曹洪求情，趕在曹操赦令到來之前，將那些犯人提前處斬。強項之名，頓時在許都人所共知，提起滿寵，莫不感到畏懼。

後有名士楊彪入獄，滿寵不顧荀彧、孔融等人的求情，嚴刑拷問，但楊彪最終沒有認罪，曹操不得不將他釋放。可也因為這個原因，滿寵就得罪了穎川世族。

楊彪是弘農楊氏子弟，為關中望族。

對一個名士用刑，在當時看來，是極其不當的事情，而且還削了這些世家的臉面。曹操見此狀況，也知道滿寵不能繼續留在許縣。

時曹操征伐楊奉，汝南卻始終不得太平。汝南，是袁紹的老家，其門生賓客分佈諸縣，擁兵抗拒，而袁紹則雄霸河北，暗中資助這些人。曹操見此，便命滿寵為汝南太守。

滿寵抵達汝南後，立刻招募五百人，旬日間強攻二十餘塢堡，設計誘殺為首者十餘人，汝南隨之平定。

曹操說：「有滿伯寧，勇而有謀，我可以不必擔心，我的吏政會出現混亂……」

典韋打算去找滿寵，說一下郎陵縣的事情。沒想到，不等他去找滿寵，滿寵帶著五百親隨，竟找上門來……

滿寵不是最早跟隨曹操的人，但作為曹操的佐官幕僚，絕對是曹操最信任的人，而典韋是曹操的親隨宿衛，同樣甚得重視，所以早在兗州的時候，滿寵和典韋，便有極深厚的友誼。

滿寵也算是兗州名士，但卻非世家子弟。

典韋，更是庶民出身，靠著一身勇武，而獲得曹操的青睞。

走的路雖然不同，但歷程卻很相似。滿寵因為執法嚴苛，性情剛直而被罷官，典韋因為膽氣過人，武力超群而被同僚所嫉妒，甚至差點丟了性命。所以他們在一起的時候，倒頗能說得來。

曹操宛城戰敗以後，滿寵得知典韋戰死的消息，當時就昏過去，之後大病一場，直到三天前才恢復過來，能下榻行走。

沒想到他病剛好，就得到郎陵縣的報告，說有一夥世家子弟在郎陵縣肆意殺人，目無法紀。

滿寵一聽這些，頓時怒了，二話不說，立刻帶上兵馬，就來攔截。

可是他沒有想到，竟然會在這裡遇到典韋……

典韋同樣驚喜，剛要縱馬，可又突然想到了什麼，一提韁繩，勒住戰馬：「伯寧，你是來抓我的嗎？」

滿寵在經歷過剛開始的驚喜後，也冷靜下來，臉上的笑容漸漸收斂。滿寵一雙劍眉，扭在一起，嘆了一口氣道：「君明，莫非真是你所為？」

他心裡很奇怪，典韋在宛城遇險，所有人都以為他死了。可為什麼又變成了世家子弟的隨從？是哪一家世家子弟？典韋又為什麼願意助紂為虐呢？

目光在不經意間越過了典韋，向他身後望去。

只見一輛三匹馬牽引的馬車，靜靜的立於典韋身後十多米處。馬車周圍，十餘名手持兵器的壯漢，拱衛一旁。滿寵的目光掃過那一排人，目光最終落在了曹朋和鄧稷的身上。不是因為曹朋和鄧稷有什麼王霸之氣，而是因為這兩個人的氣質，和其他人似乎有一些不一樣。

有時候，氣質這東西真的是很玄妙，鄧稷的長相，算不得特別英俊，但也不算差。以前鄧稷總讓人感覺著有些柔弱，可在經歷了一系列的變故之後，鄧稷的氣質和從前大不一樣，身體似乎比之從前，有些羸弱。但氣質上，卻令人不由得為之敬重。

滿寵心裡暗自感慨。不過，當他目光落在曹朋身上的時候，不由得為之一愣。

這同樣是一個很有趣的小傢伙，看上去不過十四、五歲的模樣，但流露在外的，卻是一種與他年齡不相匹配的沉穩。世家子弟，滿寵也見過不少，可是卻沒有見過曹朋這種類型的少年。

這孩子的眼中有一種看穿生死的淡漠。有點冷，卻又不是拒人於千里之外的冷漠，而是一種讓人忍不住，會生出憐惜和關愛之情的冷。

正當此時，典韋臉上，閃過一抹怒色，道：「伯寧，可還記得當年你對我說過的話嗎？」

「啊？」

「你說，你要整肅吏政，令天下人恪守律法，不敢輕犯。」

滿寵目光收回，正色道：「我到現在也在為此而努力，又何時忘記過？君明這話是何意？」

「既然你要整肅吏政，為何你治下，卻又橫徵暴斂？」

「橫徵暴斂？」

典韋怒道：「我記得，主公曾言，務必保證汝南與南陽商路通暢。可是你治下卻有人在郎陵私設關卡，強收賦稅。伯寧，一個人十錢，一匹馬五十錢，一輛車五千錢，攜帶兵器還要另收稅賦。這就是你的整肅吏政，這就是你的嚴肅律法之道嗎？你莫不是瞎了眼睛？」

滿寵大吃一驚，「君明，你所言當真？」

典韋哼了一聲說：「我身後眾人皆可證明。你若不相，自可派人前去詢問，看可否真實。」

滿寵面頰抽搐了一下，轉而露出苦澀笑容，「此事，我們還是回去再說，如何？」

這一大幫子人阻住了大路，有些話也著實不太好說。

典韋還要發作，曹朋卻催馬上前，把典韋攔住：「典叔父，這裡人多嘴雜，不如到平輿後再與滿叔父詳細說明。」

依滿寵對典韋的瞭解，這時肯定會爆發一下，哪知典韋卻絲毫不怒，想了想，便點頭答應。

滿寵頗有深意的看了一眼曹朋，然後一擺手，喝道：「回城！」

在他身後的五百健卒，齊刷刷列隊轉身。

滿寵是個文臣，可看那些健卒的動作，就知道他練兵也頗有一套。魏延不由得眼睛一亮，露出一抹古怪之色，其他人並沒有留意到魏延這幾乎是難以覺察到的微小反應，可是曹朋卻看在了眼中。

他先是愣了一下，旋即好像明白了什麼似的，看了看滿寵，又看了一眼魏延，輕輕點點頭。

章十七

嶄露頭角

滿寵把典韋等人帶回府衙之後，便打發人在外面警戒。他命家人擺設酒宴，為典韋一行人接風洗塵。在酒宴中，典韋把他在宛城死裡逃生的經歷一五一十的告訴了滿寵，並言明要帶曹朋等人一同前往許都安住。

滿寵聽罷，向魏延和曹朋深施一禮。

「君明是我好友，賴得兩位仗義出手，解救其於危難，滿寵感激萬分。」言語中，已流露出親切之意。

曹朋和魏延連忙起身還禮，曹朋問道：「滿太守，在路上的時候，你似乎有什麼話要告訴典叔父？」

典韋立刻想起來了先前的一幕，也連忙探身詢問。

滿寵猶豫了一下，嘆了口氣，「郎陵長在郎陵私設關卡，的確是罪該萬死。此人原本是南陽郡舞陰縣縣令，之前主公征伐宛城，成堯獻關投降，而得到了主公的賞識。但要說主公真有多看重他，倒也不見得。主公之所以用他，一是有千金買馬骨之意，想藉此來招攬荊襄士子；這第二點……則是因為有人在主公面前推薦了他。君明，非是我放縱此人的作為，而是……」

典韋聞聽，不由得臉色一沉：「誰？」

滿寵苦笑道：「便是子廉！」

典韋頓時沉默了，臉色卻變得更加難看。

曹朋忍不住低聲問道：「子廉是誰？」

夏侯蘭在他身旁低聲道：「便是主公的族弟，當朝諫議大夫曹洪曹子廉……據說，這曹子廉是最早跟隨主公起事的一批人，當年諸侯征討董卓，迫使董卓遷都長安。主公率部追趕，險些被董卓所害。幸得曹洪將軍讓出坐騎，步戰護主公脫離危險，故而甚得主公的寵信。」

若說曹子廉，曹朋還真不清楚是誰。但曹洪的名字，他可是再熟悉不過……

歷史上對曹洪的評述，除了說他的才能之外，還說了他貪婪好財。成堯如此橫徵暴斂，其用意也就不言而喻……什麼剿匪，不過是藉口。恐怕是成堯想借此手段收斂錢帛，巴結曹洪。

典韋啪的一巴掌拍在桌上，「便是子廉撐腰，難不成就要坐視不理嗎？」

滿寵不由得露出尷尬之色，嘴巴張了張，卻不知道該如何向典韋說明此事……

在許縣的時候，滿寵為整肅法紀，已經得罪了曹洪一次。曹洪雖然沒有計較，可若說心裡沒有芥蒂，顯然不太可能。如果再用強橫手段，只怕曹洪會顏面掃地。畢竟曹洪是曹操的族弟，到時候恐怕連曹操，也不好調停關係。

見滿寵不說話，典韋更加惱怒，「你若是不敢除掉此人，那就讓我來動手。」

「君明，你這是什麼話？」

「什麼話？實在話！」典韋怒道：「主公能有今日基業，並非一樁易事。我可不想看主公的大好名聲，毀於這麼一個宵小的手中。你滿伯寧害怕曹洪，我典韋卻不怕去得罪曹子廉！」

「誰說我害怕曹洪……」滿寵怒了！

「阿福，你怎麼看？」

就在典韋和滿寵爭吵的時候，坐在曹朋另一邊的鄧稷，突然開口詢問。

說實話，若不是典韋的關係，曹朋也好，鄧稷也罷，都沒有資格坐在這客廳的席榻上。

饒是如此，如魏延、曹汲等人，也只能坐在靠門口的位子。

而曹朋、鄧稷和夏侯蘭的位子相對靠前，則是別有緣由。夏侯蘭官職不高，但好歹也是曹軍陣營中的人，而且還是一個軍侯。軍侯這官職說大不大，說小不小，不過地位卻擺放在那裡。

曹朋、鄧稷，看上去好像是讀書人，滿寵相對重視。

若非是這個原因，他二人恐怕要和曹汲他們的情況一樣，坐在下首位置。

曹朋正津津有味的吃菜。雖說這年月的飯菜滋味沒有後世那麼鮮美，卻別有一番滋味在裡面。後世發明了味精，以至於飯菜裡面似乎滋味很足，而東漢末年，富貴官宦人家多以高湯提味，大戶人家招收廚子，首先就問你是否會做高湯，如若不會，則沒有資格成為廚子。

曹朋聽到鄧稷問話，放下刀筷，看了一眼好像鬥雞一樣，你盯著我，我盯著你的滿寵和典韋，不由得笑了……

「法不外情與理，滿太守有滿太守的苦衷，典叔父有典叔父的主張，說不上誰對誰錯。」

作為後世的一名執法者，曹朋說出這番話來，也是出於無奈。

什麼執法必嚴，違法必究……到頭來卻落得家破人亡，成了鏡花水月。

這世上，需要法，但永遠也不可能完全依靠法。

人是自私的動物，有欲望，有野心……哪怕是執法者，就真的能一碗水端平？曹朋不相信。

熟讀三國，曹朋知道曹洪是何許人，也清楚到後來，曹洪在曹魏集團中的地位。想要在曹魏集團站住腳，有些人是絕對不能夠招惹。就比如曹洪，那是曹操的族弟，而且還是救命恩人。

曹朋還知道滿寵同樣不可小覷。

在三國演義中，滿寵並不算特別出彩的人物。

文比不得郭嘉、荀彧這些人，領軍打仗也不如五子良將之流。可是每當曹魏戰事膠著，滿寵一定會被排出來。特別是在對東吳的對抗中，孫吳好像從未佔到過滿寵的便宜。後來滿寵還做到了太尉，被封為景侯，在曹魏集團當中，絕對是一個能排得上號，能文能武的牛人。

所以，無論是曹洪還是滿寵，非但不能得罪，還要盡力和他們搞好關係。

「姐夫，我記得你好像也是修律法，對嗎？如果換做你在滿太守的位子上，你又會怎麼做？」

鄧稷斬釘截鐵道：「郎陵長橫徵暴斂，已觸犯律法，若不追究，則律令再無任何威懾力，於曹公大業有虧。」

這時候，典韋和滿寵也留意到了曹朋和鄧稷的對話。

鄧稷又道：「然則諫議大夫雖舉薦郎陵長，卻與郎陵長毫無關聯。於私，諫議大夫身為曹公族弟，代表著曹公的顏面。滿太守早先在許都就曾削過諫議大夫的顏面，若再有動作，勢必會招致曹公族人不滿。若如此，滿太守就會陷入窘境，恐怕是很難在許都立足。」

「於公，諫議大夫屯兵葉縣，責任重大。郎陵長的所作所為，與諫議大夫當沒有太大的關係。既然如此，又何苦讓諫議大夫也牽扯進來呢？畢竟曹公早晚會再次征伐張繡，如果這時候諫議大夫被牽扯進來，只怕會破壞了主公在南陽郡的安排。」

鄧稷這一番話，正說到了滿寵的心坎上，不由得輕輕點頭。

「你叫什麼名字？」滿寵突然發問。

鄧稷連忙站起來，態度卻顯得不卑不亢，正色道：「學生鄧稷，原本是棘陽縣佐史。因得罪了荊襄權貴，不得已隨家翁舉家逃離……幸得典叔父幫助，所以才會前往許都安置家業。」

「得罪了豪門？哪家豪門？」

「江夏黃氏……」

滿寵臉上浮現出一抹笑容。他對世族沒好感，對鄧稷這種寒門士子，更看重幾分。

「鄧稷，我問你！」滿寵猶豫了一下，沉聲道：「若你來處置此事，又會從何處著手呢？」

「只問犯官，何需追責？」
「呃？」
「郎陵長成堯原本是舞陰縣縣令，當年在舞陰時，就以貪鄙而著稱。他幾乎一手壟斷了中陽山的商路，令其族弟肆意妄為，百姓怨聲載道……如今到了郎陵，他所做所為皆為個人主意。成堯又不是不懂事的小孩子，所以做出什麼事，就必須要承擔什麼罪責，此天經地義。」
「若學生處置此事，當取成堯首級……而後以守土不利之名，淡化其私設關卡的罪名。如此一來，既可以還百姓朗朗乾坤，嚴肅我大漢律法，又不至於將諫議大夫牽扯其中，使其可安心坐鎮葉縣，為主公效力。總之，成堯不可不罰，但卻未必一定要以私設關卡之名責罰。」
有本事，而不會變通的人，未必是真本事。
前世，曹朋就是個不會變通的人，所以對這變通之道，極為看重。
典韋就是要殺成堯，未必是真想去得罪曹洪；而滿寵不是不想處罰成堯，卻擔心因此而牽連曹洪。
「鄧稷，我若把此事交給你來處理，你是否能做的妥妥當當？」
鄧稷一愣，剛想要拒絕，卻感覺身旁曹朋拉扯了他一下。低頭看去，見曹朋朝他點了點頭。

「取成堯首級，於學生而言若探囊取物。如果太守要把此事交與學生來處理，不出三日，必獻上成堯首級。」

「可需我出兵協助？」

「滿太守，如若出兵，只怕會打草驚蛇。郎陵位置重要，如若成堯得到風聲，說不得會把事情鬧大。學生不需太守費一兵一卒，但望太守予學生處置之權，必可以將此事辦妥當。」

滿寵笑了，「既然如此，我就許你這決斷之權！」

典韋聞聽，卻一蹙眉頭：「伯寧，難不成你要我在這裡逗留三日嗎？」

滿寵笑道：「我知你心繫主公，恐怕未必會願意留在這邊。你若要返回，只管走就是……我已命人快馬趕赴許都，估計用不了多久，主公就會得知你活著的消息，必然會非常高興。」

典韋起身，看了看鄧稷，又看了看曹朋，「叔孫要留下來幫伯寧，我不阻攔……不過我要盡快返回許都，阿福你們又是如何打算呢？」

曹朋看了一眼鄧稷，笑了笑說：「自然隨叔父前往許都。」

「若如此，就休息一夜，明日一早動身。」

曹朋之所以把鄧稷推出來，並不是突然興起。鄧稷的落腳點，還是在許都。不過到了許都，單憑一個典韋，鄧稷未必能得到認可。所以，若想要讓鄧稷上位，還要一個更強力的人物。這個強力，不是說武力。

鄧稷走的是文臣路線，修的也是漢律刑法。

典韋雖然得曹操的喜愛，可他畢竟是個純粹的武將。若是論武力，曹操可能會相信典韋的眼光。可若是說治世吏政，曹操斷然不會聽從典韋的言語……這時，就需要一個能說得上話的人。

雖然滿寵並非曹魏集團中的頂級文臣，可是在曹魏集團中，卻有足夠的話語權。

鄧稷留下來處理成堯的事情，只不過是向滿寵展露一下才華，當時機到來的時候，滿寵順理成章，可以向曹操推薦鄧稷……這個舉薦人，可是非常重要。

滿寵也站起來，命人下去安排曹汲等人的住所。

眼見著滿寵就要離開，曹朋卻搶先站出來，攔住了滿寵的去路。

「滿太守！」

滿寵一愣，疑惑的看著曹朋，「小友，可有什麼事情？」

另一邊，典韋也好奇的向曹朋看去。

曹朋說：「學生素聞滿太守剛直忠勇，且能文能武。汝南郡乃豫州重地，於曹公的意義，不需言表。滿太守才能出眾，可畢竟這一個人的力量，非常有限。學生老家有古諺曰：一個籬笆三個樁，一個好漢三個幫……故學生斗膽，想要為滿太守推薦一個人。此人武藝出眾，且熟知兵法，治軍嚴謹。只可惜，他寒門出身，在荊襄一直不得重用……此次同樣是受江夏黃氏所迫害，隨學生一家投奔曹公。學生見滿太守既要整頓吏政，還要操演兵馬，實在是太過辛苦。太守乃曹公心腹重臣，更需保重身體……魏延若能得太守提攜，必能為太守分憂。」

換個人，滿寵可能老大的耳光子就抽過去了。

但是對曹朋，滿寵還是很好奇。不僅僅因為曹朋是典韋的救命恩人，還因為鄧稷以及曹朋自身那種與眾不同的獨特氣質。

「魏延？」

滿寵疑惑的向典韋看去，似乎是在問：此人如何？

而典韋卻蹙起了眉頭……看了看滿寵，又看了看曹朋。他猶豫了一下，還是點了點頭！

章十八 賭

「阿福，為何讓文長留在汝南？」

典韋一肚子的鬱悶，扭頭詢問在他身旁，騎在馬上的曹朋。

在他看來，魏延武藝高強，如果隨他一同前往許都，必然能得到主公的信賴，而且此前大家也是這麼商議的，哪曉得一眨眼的工夫，曹朋就改變了主意。

說起來，典韋和魏延的關係很好。最出乎他意料之外的，還是魏延的態度。

當典韋把這件事告訴魏延的時候，言語中已清楚的表明了一個意思：如果你不想留下，我可以拒絕。

哪知道，魏延居然興致勃勃的點頭，絲毫沒有不快的表現。

這曹朋和魏延的葫蘆裡，究竟賣的是什麼藥？

曹朋兩腳輕輕一磕馬肚子，戰馬小跑兩步，便追上了典韋。兩人並轡而行，曹朋這才正色道：「典叔父以為文長大哥，是何等人物？」

典韋一怔，「是條好漢。」

曹朋哈哈大笑，「文長大哥是好漢，小侄心裡也清楚。典叔父，可知這為將者，當如何區別？」

「不知道。」

「我認為，為將者，無非分為兩種。一種是搏殺疆場，斬將奪旗，百萬軍中取上將首級。這種人，我會稱之為戰將！他們能打能殺，卻不曉得兵法，不懂得治軍，更無法領軍打仗。典叔父，你就是最出色的戰將……殺人打仗，你毫無問題，可是讓你揮百萬之兵，如韓信那種如使臂轉，兵鋒所指所向無敵，你恐怕就不行了。」

「這種人，也許不一定比典叔父你勇猛，可是卻能夠統帥大軍，征伐天下，我稱他們為帥才。他們不需要多麼勇猛，甚至有可能是手無縛雞之力，但卻能戰無不勝，攻無不克。此二者相輔相成，再好的帥才，若無戰將，也難以成事；再好的戰將，如果沒有帥才指揮，同樣無法取得勝利。」

「文長大哥的武藝高強，但他真正厲害之處，還是在於他治軍、統帥的才能。留在曹公身邊，固然能與曹公親近，甚至獲得很多好機會，但是如此一來，文長大哥就失去了歷練的機會。而留在汝南，有滿太守的看重，文長大哥可以得到足夠的歷練，對他而言，這才是最想要的結果。曹公身邊猛將如雲，又有典叔父你這樣忠心耿耿的大將護佑，足矣……」

典韋聽罷，若有所思，「若非阿福你看的清楚，我險些壞了文長的前程。」

良久，他長嘆一聲，伸手拍了拍曹朋的肩膀。

「有些事情，你比我看的更長遠。」

長遠嗎？曹朋自己倒是不覺得。

「對了，叔孫留在汝南，能處理好此事嗎？」典韋突然想到鄧稷的事，不免心裡有些擔憂。

曹朋說：「區區一個成堯，還難不住姐夫。如果他連這樣一個傢伙都收拾不得，日後還是老老實實待在家裡算了。再說，滿太守不是給了他決斷之權嗎？典叔父你只管放心好了。」

進入豫州之後，曹朋可以清楚的感受到，曹操治下和劉表治下的不同。

荊襄治下外緊內鬆，看似守衛嚴密，實際上許多縣城是控制在那些本地豪族的手裡。至少，在南陽郡是這種狀況。

而豫州曹操治下，則是外鬆內嚴，表面上看去一派祥和，可實際上，曹操在各地的守禦，相當嚴密。

世族大家雖然聲名遠揚，但明顯處於依附的狀態。曹操得豫州時間並不久，但很明顯，他已經把豫州掌控在手心。

相比之下，劉表的手段，還真比不得曹操……

「朋兒，你說的那小玩意，究竟是什麼東西？」

這一天，眼見著就要到了汝南郡和穎川郡交界之地，曹汲把曹朋抓到了車上，有些緊張的詢問。

曹朋信誓旦旦，說要為曹汲謀一場富貴。可這富貴，究竟是什麼？

曹朋見老爹那副緊張的模樣，不由得笑了。他從車上探出頭，喊了一聲：「虎頭哥，把我馬背上的那個包裹拿來。」

王買正在和王猛說話，聽到曹朋的呼喚聲，立刻縱馬過去。

在馬上。

曹朋那匹馬，正被鄧範騎在胯下。夏侯蘭在旁邊輕聲的指點，鄧範則臉發白，小心翼翼的騎在馬上。

「大熊，你可真笨！」

王買從馬上取下包裹，見鄧範那副小心翼翼的模樣，忍不住舉起蛇矛，在馬臀上拍了一下。

戰馬受驚，頓時發出希聿聿一聲暴嘶。

鄧範的眼珠子瞪得溜圓，在馬上忍不住大吼一聲：「虎頭，你小子想害死我嗎？」

話音未落，戰馬仰蹄狂奔。鄧範嚇得抱住馬脖子，不時的大聲叫喊。後面馬車上的鄧巨業和洪娘子聽到了動靜，連忙看過去。只見鄧範趴在馬上，口中哇哇大叫，模樣好生狼狽……

夏侯蘭和兩個土復山的好漢，緊隨鄧範身旁。

「大熊，直起身子，別趴著……對，慢慢直起腰……不是讓你挺直，含胸收腹，把力量集中在腰胯上……別太用力……不要放鬆，你太放鬆了！對，就是這樣，挽住轡繩，別緊張，按照我之前和你說的那些要領……別去控制，要想辦法安撫，讓馬匹能感受到你的心意……」

「虎頭，你幹什麼！」

王猛氣得大聲喝斥，鄧巨業和洪娘子雖然一臉擔心，卻只能在旁邊勸說。

王買說：「當初阿福學騎馬，一天就學會了！可你看大熊……他太小心了。那馬不跑起來，他又能學得什麼？阿福說，置之死地而後生，他要是一直那麼小心下去，這輩子都別想學會騎馬。你看，至少現在比剛才強多了，他能控住馬匹……若不如此，他又要學到何年何月？」

經過了最初的緊張之後，鄧範已漸漸的拋卻了恐懼之心。相反，一種馳騁的快感油然而生，讓他逐漸的和戰馬達成了某種契合。

王猛氣得想要抽王買。卻聽曹朋道：「伯父，你別怪虎頭哥。若不這樣，大熊就無法克服心中的恐懼。雖說有些凶險，但效果不錯。再者說了，有夏侯他們在，大熊不會有危險。巨業叔、洪家嬸子，你們放心好了。」

王買把包裹遞給了曹朋，曹朋便縮回車裡。

車廂外，傳來王猛的責罵聲，王買的辯解聲，鄧巨業夫婦的勸說聲，還有典韋那爽朗的笑聲。

「你們這些孩子……大熊剛開始學騎馬，你們又何苦那麼心急呢？你巨業叔和洪家嬸子只有這麼一個孩子，萬一出了什麼差池，到時候看你怎麼向他們交代。」

說著話，曹汲從曹朋手裡接過包裹，小心翼翼的打開。

包裹裡面，有一個方寸大的匣子，把匣子打開，裡面則是一疊圖紙。

「這是什麼東西？」

「爹，你看，這個叫做馬鐙，這個叫做馬鞍……和我們現在用的平鞍不一樣，這種馬鞍，叫做高橋鞍。人坐在馬上，雙腳扣住馬鐙，不但能坐得更穩，交戰時，還能夠提高戰鬥力。你說，如果把這幾樣東西呈獻給曹公，會發生什麼事情？」

曹汲聞聽，忍不住眼睛一亮。他雖說是個鐵匠，但也能看出這些『小玩意』的重要性。拿著圖紙，他看了許久，輕聲道：「這東西說實話，打造起來並不困難……朋兒，這都是你想出來的嗎？」

曹朋笑道：「我哪有這本事！還不是那位老神仙傳授？」

天曉得當年那個方士是誰，反正如今已成了曹朋最好的一塊擋箭牌。不知道名字，不清楚下落……如今這時局動盪，說不定早就死了。這，就叫做死無對證！

「那這個是……」

曹汲拿起一張寫滿了字的紙張，疑惑的望向曹朋。

曹朋猶豫了一下，指著上面的文字，低聲說：「爹，這個是老神仙教給我的打刀之法。我害怕忘記，所以用老神仙傳授給我的天書記錄下來……你可一定要保存好，別被人看見。天書文字是神仙使用，如果被別人看到，孩兒恐怕就要……你是我爹，所以你看，無礙。」

曹汲激靈靈打了個寒顫，瞪大了眼睛。他連忙捂住了曹朋的嘴巴，探頭出車廂，見車夫正全神貫注的駕馭馬車，並沒有留意他們的對話，又縮了回去，輕聲道：「朋兒，這東西就放在我這裡。等有空了，你就教我這上面的內容。我學會以後，會立刻把它焚毀……這東西，不該是咱這等人所有，傳出去可是殺頭之禍。」

曹朋鄭重其事的點了點頭。

「阿福……」車外傳來典韋的呼喚聲：「咱們恐怕錯過了宿頭，看來，今天要宿於野外。」

曹朋從車廂裡走出來，「典叔父，全憑你安排就是。」

由於錯過了定穎縣縣城，所以典韋一行人只好夜宿黑閭澗。這黑閭澗，同時也是意水的源頭所在，故而被人稱之為意水河畔。雖說黑閭澗距離定穎縣並不遠，可典韋卻不願意繼續趕路。

以前他隨同曹操，倒還不覺得什麼。可如今典韋獨行，就發現在縣城裡的紛擾實在太多。

由於身分曝露，以至於從平輿出來後，所過之地，地方官員都會出縣城迎接。哪怕典韋不願意和那些人接觸，也只能耐著性子和對方寒暄。畢竟同朝為官，這場面上還要照顧得過去。可一兩次他還能耐得住性子，次數多了，典韋就有些不耐煩了……不說別的，就這送往迎來的寒暄，哪怕典韋是繞城不入，也要耽擱許多時間。

典韋歸心似箭，實在不想再耽擱下去。

入夜後，一行人在黑閭澗旁邊安頓下來。

典韋拉著王猛在篝火旁說話。這兩個人，都類似於草莽人物，所以還滿談得來；鄧範則被王買拉著，在一旁練武。夏侯蘭笑呵呵的看著，不時還會過去指點兩人一下……

夏侯蘭的武藝不算出眾，但也算是經過名師指點，眼力不俗。

曹朋教給鄧範、王買的東西，說實話有些太過於超前。以至於王買二人刻苦修練，但有時候還是不太明白。同樣的問題，曹朋會讓他們去領悟，而夏侯蘭則會盡力把道理講解個清楚。都是練槍的人，在這方面，夏侯蘭絕對屬於權威。

其他人則在旁邊，看著兩個毛頭小子在那裡練槍。鄧巨業忙碌不停，和洪娘子幫著生火燒飯，偶爾聽到旁邊的叫好聲，夫婦二人都會露出欣慰之色。在他們看來，他們的兒子，正走在一條康莊大路上。

曹朋拉著曹汲，躲到了帳篷裡。

他拿著那一疊所謂的『天書』，非常盡心盡責的跟曹汲講解。

以東漢末年的科技力量，特別高明的打刀之術，曹朋也沒法子講解出來。特別是在後世，隨著科技發展，大機械時代的到來，市面上的刀劍大都是用機器鑄造出來，而傳統的製刀鍛打技術，則漸漸不為人知。雖有一些人打著復興傳統工藝的幌子，說什麼按照古法鍛造，也不過是掛羊頭賣狗肉，華而不實。曹朋講解的這些東西，大都是平時從書上學到的東西。

他自己也不懂，只能說一個大概。可曹汲卻是這方面的專家，往往一個簡單的想法，就會在他腦海中生出詳細的操作過程……

曹朋講解的，其實就是灌鋼法，宿鐵刀。

在三國後二百年，炒鋼法逐漸被灌鋼法所取代。南北朝時，有鑄兵大家綦毋懷文結合古傳祕法，造出極為著名的宿鐵刀。據說這宿鐵刀，可以斷三十劄，其鋒利程度，在當時屬於翹楚。雙液淬火法，曹汲已經掌握，而風箱的提前出現，又使得爐溫得以大幅度的提高。將生鐵和熟鐵合練一處，數宿則成鋼。

「以柔鐵為刀脊，浴以五牲尿液，淬以五牲油脂……」曹朋非常耐心的，把宿鐵刀鍛造的基本程序，向曹汲一一解釋，而曹汲則是一副聚精會神的模樣，時而輕聲低呼，時而沉思不語。

「朋兒，你說的這個法子，的確是大有可為。只不過想要完全掌握，沒一、兩年的時間，恐怕很難成功。按照你的說法，這種打刀之術打造出來的兵器，可斷三十劄。我不是很清楚，這斷三十劄能否做到，不過十劄當問題不大。」

曹朋笑了，「爹，你不必著急……我想曹公一定能給你充足的時間。但是到許都之後，你務必要盡快打造出三十把同等水準的鋼刀。只要有這三十把鋼刀，孩兒可保你入主諸冶監。」

「三十把……」曹汲露出為難之色。

說實話，一把好刀沒有幾年的工夫，很難打造出來。一個月的時間，別說三十把宿鐵刀，恐怕三把都難成功。曹朋的要求，著實有些超出曹汲的能力範疇。

「爹，孩兒不求你打出神兵利刃，能斷三劄，即可！」

「三劄……倒是可以試一試。只是想要一個月打出三十把，還是比較麻煩。三個月，至少要三個月的時間，才有可能做到。朋兒，你手中既然有這馬鐙、馬鞍的神器，何故非要打造出三十把鋼刀呢？我是覺得，憑藉這兩樣寶貝，曹公也不可能怠慢了咱們，你說呢……」

「有這兩樣寶貝，的確是可以進入諸冶監。」曹朋正色道：「可問題是……諸冶監不可能只有爹你一個人，其中定然會有能工巧匠，以爹你現在的本事，有把握震懾住那些人嗎？」

「恐怕不行！」

曹朋點點頭，「那就是了……爹，你可別忘記了，曹公如今是什麼官職。大司空，直轄少府，諸治監就是在曹公執掌之下。若爹能在一個月……不，三個月中打造出三十把同等水準的鋼刀，至少也能算得上一個宗師吧。是一無所有的進入諸治監，還是頂著宗師之名進入諸治監？爹，你應該能分辨出這二者的區別。」

曹汲沉吟許久，而後長出一口氣，站起身來。

「爹，你要去哪裡？」

「要想在三個月裡打出三十口好刀，我一個人肯定做不到。此事還需要你典叔父從旁協助，借用他的名頭和人脈，否則根本就不可能成功……朋兒，我去找你典叔父商量一下，你去陪陪你娘還有你姐姐。叔孫不在，你姐姐有些不穩……你也知道，她懷著身子，在所難免。」

曹朋答應了一聲，和曹汲一起走出了小帳。

這時候，營地裡顯得非常熱鬧。一大群人圍坐在篝火旁，大聲的呼喊，氣氛是格外的熱烈。

正中央，鄧範和王買正在角力。

這兩人一個是天生神力，一個是技巧出色，以至於不分伯仲。

曹汲去找典韋商議事情，曹朋正準備去陪母親張氏和姐姐曹楠說話，就聽身後有人喊：「阿福！」

扭頭看去，卻是夏侯蘭。

火光中，夏侯蘭俊面微紅，似乎喝了不少酒。

「聽虎頭和大熊說，他們的本事，是你教的？」

曹朋對夏侯蘭還是挺有好感，於是點點頭，詫異問道：「是有這麼回事，怎麼了？」

「我不信！」夏侯蘭大聲說：「你要真有這等本事，大王崗又何至於被我所敗？我不相信！」

說這些話的時候，夏侯蘭看上去，有些猙獰。

這輩子，他一直都不太順利。早年拜師學藝，跟著他最好的朋友找到了童淵，沒想到卻因為資質不好，差一點被童淵拒絕。資質是什麼？夏侯蘭到今天也沒弄明白。為此他也曾刻苦練習，但明明是同樣的時間，他的兄弟進步神速，而他卻好像蝸牛一樣，進步非常緩慢。

下山後，他陪著他的兄弟，投奔了公孫瓚，憑著一身武藝，夏侯蘭成為白馬義從，而且是先鋒營。當時，夏侯蘭認為這是他時來運轉的機會，哪知道初戰就遇到了袁紹軍最精銳的先登營！

先登營的主將麴義，顯然不是夏侯蘭可以對付。一場惡戰，夏侯蘭殺出一條血路，卻得知公孫瓚準備拿他當替罪羊，沒辦法，夏侯蘭只好背井離鄉，投奔曹操。

宛城之戰，本來和他狗屁關係都沒有。但隨著曹操戰敗，青州兵突然做反，以至於在慌亂中，夏侯蘭和大隊人馬失散。身為軍侯的他，和自己的部下失散了，也就等於是告訴別人，他並不是一個合格的將領。殺了大半夜，好不容易脫離危險，又遇到了曹朋……為此，夏侯蘭最心愛的戰馬，被典韋一拳轟殺！

從南陽郡脫險出來，緊繃的心弦總算放鬆下來。夏侯蘭喝了點酒，又聽說王買和鄧範的一身本領，都是曹朋教出來，這心裡就更加不舒服。

借著酒勁，夏侯蘭把曹朋攔住。

他倒是沒有別的意思，就是想羞辱一下曹朋，發洩一下心中的鬱悶而已。因為他知道，曹朋的武藝並不是很強，和他根本就是兩個層次。

夏侯蘭覺得，曹朋斷然沒膽子和自己交手。

哪知曹朋一蹙眉，上上下下打量了夏侯蘭一番之後，突然笑著問道：「你若是輸給我呢？」

「我輸給你？」夏侯蘭忍不住放聲大笑，「阿福，不是我小看你，只需三招，我就能讓你趴下。」

「好啊，那我們可以來試試……不過，如果你輸了，又該怎麼辦？」

二人的爭執，引起了其他人的注意力。王買和鄧範也停下手，急匆匆的跑上前來。

「夏侯，你幹什麼？」

這原本只是一句極為普通的言語，卻讓夏侯蘭火冒三丈。

「我幹什麼？」夏侯蘭厲聲吼道：「阿福，我若是輸給你的話，這輩子就給你為僕為奴，絕不後悔。」

章十九 太極

「你要造刀？」

在黑闇澗的另一邊，典韋疑惑的看著曹汲。

如果曹汲真有大匠的本領，早就被劉表拉攏，就算是江夏黃氏，也未必敢輕易動他們。

曹汲期期艾艾，猶豫了一下，輕聲道：「不瞞典兄弟，我祖上三代造刀，有祕法傳承。但由於我一家無甚根底，所以不敢輕易告與人知。典兄弟你應該知道，如果我有家傳祕法的消息傳揚出去，定然會被人窺視，甚至會遭人嫉妒，乃至於被人搶走祕法……實非存身之道。」

典韋眼睛不由得一瞇！

自古以來，這造刀之術被宣揚的神神祕祕。凡大匠宗師，藉由祕法傳承，而這祕法究竟是什麼？並不為人所知。

比如干將莫邪，有人就說是要以鮮血祭練。後來還傳出要用人童男童女生祭，才可能鑄造出神兵。如果這曹汲手中，真有祖傳祕法的話……

典韋不禁倒吸一口涼氣，沉吟許久後，輕輕點頭：「若憑你祕法，可得何等寶刃？」

「斷三劄，易如翻掌。」

「才是斷三劄啊……」

「三十把！我是說，三個月內，我會造出三十把斷三劄的神兵。」

曹汲是個行家，如果單純以鍛打技術而言，已經達到了巔峰。而今，他又得了曹朋的灌鋼法和雙液淬火法，配合以他曹家獨有的風箱技術，能夠令爐溫超出普通鎔鐵爐三百度左右。

就憑這些，曹汲就有把握，打造出斷三劄的鋼刀。

斷三劄，其實算不上什麼神兵利器，不過也屬於千金難求。漢軍所使用的繯首刀，斷一劄就算得上一把好刀。更何況這斷三劄……而且還能夠量產？

典韋暗自驚奇，「若兄弟真能打造出三十把斷三劄的神兵，需要什麼，我當鼎力相助。」

曹汲點頭，「只有兄弟能為我準備一僻靜場所，並配備可靠之人協助。一應材料，我回頭會告知兄弟，煩勞兄弟為我備齊就是。其他的嘛……我自己可以解決，不知兄弟以為如何？」

「一言為定！」

東漢末年，煉鋼技術得到了極大的發展，從戰國時期的青銅器，逐漸發展出一套完善的鐵器鑄造技術，其中尤以炒鋼法和百煉鋼最為著名。

然則炒鋼法也好，百煉鋼也罷，都屬於費時費力的煉鋼技術，於是，一把好刀，需要一到兩年的時間才能完成。所以東漢時期繯首刀雖然推廣，但並算不得普及。軍隊中，多是以長矛大戟為主，刀盾兵因為造刀技術的限制，無法在軍中佔居主導地位。

典韋也知道，好刀難求。

如果曹汲真能三個月打造出三十把斷三割的好刀，絕對能在曹操帳下站穩腳跟。

有時候，典韋也覺得幸運。宛城一戰，他似乎因禍得福，不但結識了曹朋、鄧稷和魏延這樣的人，還得了曹汲這麼一個造刀的大匠宗師。

典韋憨直，卻並非說他沒有心計。事實上，他在曹營中能站穩腳跟，依靠的就是曹操的信賴。可如果有朝一日，曹操不再信賴他的時候……

說到底，典韋沒有自己的力量。於是，他到處找人打架，四面樹敵，其目的就是要告訴曹操：我是個孤臣，我只忠於你一個人。

也許，曹汲這一家子……

典韋不由得陷入了沉思。

「典校尉，典校尉……大事不好，大事不好了！」

一個武卒神色匆匆的跑來。

典韋不認識這人，但知道他是滿寵的手下。

「何事驚慌？」

「不知何故，夏侯軍侯與曹公子起了衝突，雙方在那邊鬥起來了！」

典韋和曹汲頓時大驚失色，二話不說便跑了過去。

此時，曹朋和夏侯蘭站在場中，周圍已被人圍住。甚至連鄧巨業、洪娘子、張氏和曹楠，也跑了出來，王猛則一臉無奈站在一旁。

典韋上前一把攫住他的手臂，大聲詢問：「老王，究竟是怎麼回事？」

「我也不清楚，聽說是夏侯喝多了，拉著阿福吵了起來。然後兩個人不知道就怎麼槓上了，而且還下了賭約。夏侯說他要是三招之內不能制服阿福，就做阿福的家臣；阿福說，如果他收拾不得夏侯，那他就送夏侯一場大富貴……虎頭他們怎麼也勸不住。這不，快要開始了！」

夏侯蘭的賭注不可謂不重！想他也是堂堂軍侯，一曲之長。竟說出了輸了給曹朋為僕為奴的話語，已經是賭上了他的前程。

當今亂世，人們重的是英雄氣，就算是典韋，也不能阻止這場賭鬥……只不過，這好端端的，夏侯怎麼會和阿福衝突起來？

只見曹朋慢慢脫下身上的衣衫，活動了一下手腳。這些日子以來，雖說奔波勞碌，可是曹朋並沒有落下功課，相反，在經歷了數次殺伐之後，曹朋的武藝比之當初要進步很多。特別是他那套太極拳的功夫，更因為幾次殺戮，在圓潤中平添一分凌厲。

深吸一口氣，曹朋擺出了太極拳的起手式，內心裡，多多少少還是有些緊張。要說起來，他和人交過手，但是似夏侯蘭這種正經的高手，卻沒有接觸過。

曹朋見過了典韋，看過了魏延，甚至早在去年末，也領教過文聘的功夫。這眼力是夠了，可實戰尚未經歷。

但曹朋是不可能退卻，更不可能因為夏侯蘭的功夫好，就低頭認輸。前世老武師說過，武者剛猛勇烈，心中存一口浩然氣，無懼鬼神。這口氣，絕不能洩掉，否則就算是功夫再好也沒有用處。俗話不是說過：狹路相逢勇者勝！說的就是這口氣，武者的本性。

曹朋神色自如，笑呵呵道：「夏侯，機會給你了，若你真能勝了我，我保你一場大富貴，如何？」

「阿福，幹掉他！」

「沒錯，幹掉他……以後讓他給你牽馬。」

王買和鄧範旗幟鮮明，為曹朋吶喊助威。

而夏侯蘭這時候也清醒過來，心中陡然生出一絲後悔，可偏偏又騎虎難下。曹朋不過是個小孩子，而他則是堂堂軍侯，就算是贏了又能怎樣？

耳聽曹朋淡淡的言語，夏侯蘭的氣息，明顯出現了紊亂。

拼了！

他一咬牙，墊步呼的撲向曹朋，耳邊傳來張氏和曹楠的驚聲尖叫。

而曹朋卻不慌不忙，迎著夏侯蘭的拳腳斜行拗步，落腳旋掌，就讓過了夏侯蘭，出現在他身側，虛步雙手探出，輕輕落在了夏侯蘭的肩臂上，輕笑一聲道：「夏侯，你心有些亂了！」

虛步跺腳，骨力勃發。

六十天的樁功，所蓄養的骨力在這一剎那顯示出不凡的威力。

後世拳法講究明暗勁，其中這暗勁，依靠的並不是肌肉的力量，而是依靠骨力發威。曹朋並沒有達到易骨的水準，可是這骨力已蓄養出來，雖然算不上強橫，卻足以令夏侯蘭吃虧。

在外人眼中，曹朋只是推了夏侯蘭一下。

可實際上，曹朋藉由這雙掌虛按，暗勁湧出。夏侯蘭的心神本來就有些亂，被曹朋一下子推出去，踉踉蹌蹌，險些一頭栽倒在地上。同時，曹朋用暗勁，在神不知鬼不覺間，挫傷了夏侯蘭肩臂處的肌肉。

站穩身子後，耳邊響起一陣哄笑聲，夏侯蘭的臉騰地一下子紅了，怒吼一聲，猱身再次撲向曹朋。

曹朋這一次卻露出凝重之色，錯步擰身，腳踩陰陽。如秋猿閃掠，滴溜溜原地一個打旋，順著夏侯蘭的攻勢，抬手看似無意間的拂動，手掌虛合，啪的一聲就拍在夏侯蘭的手臂上。

「我說過，你未必是我對手！」

曹朋笑呵呵的說道，一隻手在身後輕輕抖動，臉上浮現出一抹輕蔑笑容。

在許多看熱鬧的武卒眼中，曹朋那一推、一拍，似乎是平淡無奇。更多人覺得，小孩子就是小孩子，沒多大的力氣。但有看不懂的，就有那看出門道的人。

典韋無疑是這些人中的翹楚，眼睛不由得為之一亮。

「老王，阿福練的是什麼功夫？」

王猛苦笑一聲，「這個，我還真不知道。一直都是虎頭和他一起練功，後來大熊也加入進去。你要是想知道，不如把他們找來問。」

說著，王猛招手示意王買和鄧範過來。

典韋又問：「阿福的師父是誰？」

曹汲回答說：「阿福沒有師父。早年間我們那裡曾有個雲遊方士，教阿福讀書認字。原本我們也不是很在意，後來聽阿福說，那個方士教給他許多本領，其中就包括這一身的武藝。」

當謊話說了十遍、二十遍，乃至於百遍，就會變成了真話。

曹汲本來就沒有懷疑過曹朋，現在說起這些謊話，更顯得格外真實。

典韋不禁嘆道：「阿福，果然好福氣！」

練過太極拳的人大都知道，太極拳的基本功，就是盤架子；盤順了架子，練推手；推手揉順了，就去練站樁；站樁有東西了，開始練修養；修養練成了，就要去練神明……

盤架子，推手，如果換做一個毫無基礎的人來練習，沒個一兩年的工夫，根本就个太可能。但曹朋不一樣，上輩子就把這架子盤順了，推手揉順了，如今換了一具身體，重新撿起來，一開始可能有點困難，可用不了太久，就能找到『順』的感覺。畢竟，前世也算是卜過一番苦功。不過這站樁，才剛開始，曹朋還需慢慢修練。

夏侯蘭終於冷靜下來。先前因憤怒而扭曲的面容，漸漸平復，腦海中，迴響起了老師在他下山時的那番話：你很努力，很勤奮，這原本可以彌補一些你天份的不足，可是你的心卻總是浮躁。如果你這顆心無法安定下來，那麼你永遠不可能練出成就。

當時，夏侯蘭並沒有在意。一晃就是幾年，直到這個時候，夏侯蘭有點懂了。

收回腳步，夏侯蘭深吸一口氣，從喉嚨裡發出一聲低沉的虎吼，雙臂舒展，做出虎撲的架子。

典韋眼中精光一閃，點點頭，又搖了搖頭。

另一邊，王買和鄧範正模擬著曹朋剛才的動作，體味其中奧妙。聽到典韋的嘆息聲，不禁抬頭看去。

「夏侯如果一開始就這樣子，說不定一個回合就能戰勝阿福。」

「那現在呢？」曹汲緊張的詢問。

典韋搖搖頭，「有點晚了……他筋骨已傷，根本不可能再戰。」

說完，典韋扭頭就走。

王買和鄧範不由得面面相覷。

筋骨已傷？什麼時候的事情？難道就是在剛才曹朋看似軟綿無力的一推一拍之間嗎？

夏侯蘭一聲虎吼，全身血氣勃發。

一股逼人的氣勢直撲向曹朋，曹朋連忙後退，斜撩衣襟，腳踩陰陽，單手置於身前，手背向前，手心向內，另一隻手負於身後。一連串的動作，使得如同行雲流水般瀟灑空靈。

曹楠忍不住讚道：「娘，阿福好帥！」

就這麼一個動作，不曉得讓多少人暗自讚嘆。

夏侯蘭一咬牙，頓足作勢撲出。可就在他收肩提臂準備撲出的一剎那，肩臂突然一陣刺痛。一開始他還沒感覺，但是當他準備發力的時候，這刺痛的力度，頓時提高了百倍。

他悶哼一聲，腳下就是一個趔趄。

夏侯蘭臉色一變，另一隻手按住肩臂，發現手臂已經腫的好像發麵饅頭般，令人觸目驚心。

「你……」

「夏侯，搏殺疆場，你一招就可以把我幹掉。可是從一開始，你就不該來找我挑戰。你心中雜念太多，交手時又患得患失。加之你看我不起，根本就沒想過我能把你打敗，十分力，使出不過五成。我知道，你師從高人，可你師父沒有告訴過你，別小看任何一個對手嗎？」

「獅子搏兔，亦用全力……你不是獅子，我也不是柔弱的兔子。從一開始，你就已經輸了！」

曹朋依舊是一副風輕雲淡的表情，收手時撩衣一甩，輕輕搖頭。

這個動作，是他前世看《黃飛鴻》時學來的招式。當時只覺得帥氣，沒想到今天卻用上了。

「你若再發力，我敢保證，你肩臂必毀，以後就是個廢人。」

周圍，頓時響起一片驚呼聲。

夏侯蘭幾次想要振臂撲出，奈何肩臂上的刺痛，此時已變成了劇痛，根本無法抬起手臂來。

我輸了？

夏侯蘭始終不明白，自己究竟什麼時候著了曹朋的道……

當晚，夏侯蘭獨自坐在小帳裡，呆呆發愣。

帳簾一挑，一個雄壯如獅子般的巨漢，邁步走了進來。

「典校尉！」

典韋看了夏侯蘭一眼，示意他坐下，然後走過去看了看他的傷勢，這才輕輕的點了點頭。

「不算太重，阿福下手還算有分寸，否則你這肩臂的骨頭，會徹底廢掉。」

「啊！」

典韋說著，從懷中取出一副藥膏，貼在夏侯蘭的傷處。

「夏侯，你如何打算？如果你不想過去，我可以為你向阿福求情。」

和典韋認識這麼久，典韋從沒有這麼和藹的說話。一時間，夏侯蘭竟有些受寵若驚，不知道該如何是好。

當典韋說出那句話的時候，夏侯蘭心裡不由得一動。如果典韋說情，曹朋一定會取消之前的賭約，那麼他就不需要為僕為奴……這念頭在他腦海中一閃，旋即消失。

「典校尉，夏侯認賭服輸，沒什麼後悔。」

典韋那張黑臉上，浮現出笑容。

雖然，他笑的時候，比不笑更難看……

「服，就好！」

他輕輕拍了一下夏侯蘭的肩膀，「阿福那一家子，並不是你看上去那麼簡單。你野心太大、太多，去歷練一下，也是個不錯的選擇。我倒是覺著，你過去以後，說不定成就會更大。」

典韋說完，便站起身。

夏侯蘭沒反應過來，呆呆的看著典韋，有些不太明白典韋話語中的意思。

典韋走到小帳門口，突然停下了腳步。

「我本不想來說這些，是阿福擔心你想不開，讓我過來看看你。」典韋轉過身，盯著夏侯蘭說：「如果你剛才不認，我會斷了你的胳膊，讓你一輩子做廢人……夏侯，我這個人沒什麼本事，但絕不會看錯人。」

抬起頭，夏侯蘭苦笑一聲：「以後的事情，末將沒有去想。不過請校尉放心，夏侯蘭不是賴賬之人。」

典韋，笑了！

第二天，曹朋攙扶著張氏登上馬車，扭頭卻看到一身灰衣打扮的夏侯蘭，就站在一旁。丈二銀槍不在手裡，那一身白袍衣甲也沒有看到。僅是灰布襜褕，斜襟短打扮，頭裹黑巾，儼然一副奴僕下人的裝束。

不過看上去，夏侯蘭似乎非常平靜。

看到曹朋的時候，他還拱了拱手，恭敬的喚了一聲，「小人夏侯蘭，見過少爺。」

曹朋不由得愣了一下，突然間笑了，「夏侯，你就負責這輛馬車吧。」

「謹遵少爺的吩咐。」

曹朋點點頭，轉身離去，在不遠處翻身上馬。

而夏侯蘭則神色自若，全然不理會周遭人對他的指指點點，坐在車架子上，馬鞭揚起，口中喝了一聲：「駕，出發嘍！」

引車的馬，希聿聿一聲長嘶，馬鞭在空中挽出一個鞭花，啪的一聲炸響。

阿福，典校尉說你非常特別，那我就好好盯著，看看你究竟是怎樣的特別？

【曹賊　卷三　俠者以武犯禁　完】

☞您在什麼地方購買本書？☜

□便利商店＿＿＿＿＿□博客來　□金石堂　□金石堂網路書店　□新絲路網路書店

□其他網路平台＿＿＿＿＿□書店＿＿＿＿＿市／縣＿＿＿＿＿書店

姓名：＿＿＿＿＿地址：＿＿＿＿＿＿＿＿＿＿＿＿＿＿＿＿＿＿＿＿＿＿＿＿＿＿

聯絡電話：＿＿＿＿＿電子郵箱：＿＿＿＿＿＿＿＿＿＿＿＿＿＿＿＿＿＿＿＿＿＿

您的性別：□男　□女

您的生日：＿＿＿＿＿年＿＿＿＿＿月＿＿＿＿＿日

（請務必填妥基本資料，以利贈品寄送）

您的職業：□上班族　□學生　□服務業　□軍警公教　□資訊業　□娛樂相關產業

□自由業　□其他＿＿＿＿＿＿

您的學歷：□高中（含高中以下）　□專科、大學　□研究所以上

☞購買前☜

您從何處得知本書：□逛書店　□網路廣告（網站：＿＿＿＿＿＿＿）　□親友介紹

（可複選）　□出版書訊　□銷售人員推薦　□其他

本書吸引您的原因：□書名很好　□封面精美　□書腰文字　□封底文字　□欣賞作家

（可複選）　□喜歡畫家　□價格合理　□題材有趣　□廣告印象深刻

□其他＿＿＿＿＿＿＿＿＿＿

☞購買後☜

您滿意的部份：□書名　□封面　□故事內容　□版面編排　□價格　□贈品

（可複選）　□其他

不滿意的部份：□書名　□封面　□故事內容　□版面編排　□價格　□贈品

（可複選）　□其他

您對本書以及典藏閣的建議＿＿＿＿＿＿＿＿＿＿＿＿＿＿＿＿＿＿＿＿＿＿＿＿＿＿

＿＿＿＿＿＿＿＿＿＿＿＿＿＿＿＿＿＿＿＿＿＿＿＿＿＿＿＿＿＿＿＿＿＿＿＿＿＿

＿＿＿＿＿＿＿＿＿＿＿＿＿＿＿＿＿＿＿＿＿＿＿＿＿＿＿＿＿＿＿＿＿＿＿＿＿＿

✌是否願意收到相關企業之電子報？□是　□否

✎感謝您寶貴的意見✎

✌From＿＿＿＿＿＿＿＿＿＿＿＿@＿＿＿＿＿＿＿＿＿＿＿＿＿＿＿＿

♦請務必填寫有效e-mail郵箱，以利通知相關訊息，謝謝♦

印刷品

$3.5
請貼
3.5元
郵票
不思議信箱
FUSIGI POST

235 新北市中和區中山路二段366巷10號10樓

華文網出版集團　收

（典藏閣－不思議工作室）

三國風雲之

曹賊

卷之參

俠者以武犯禁

庚新 著

超合金叉雞飯 繪

曹賊/ 庚新作. -- 初版. --新北市：
華文網，2011.09-
冊； 公分. --(狂狷文庫系列)
ISBN 978-986-271-144-6(第3冊：平裝). ----

857.7 100014664

三國風雲之

曹賊

卷之參

俠者以武犯禁

庚新 著
超合金叉雞飯 繪

狂狷文庫003

曹賊03-俠者以武犯禁

出版者■典藏閣
作　者■庚新　　繪　者■超合金叉雞飯
總編輯■歐綾纖
製作團隊■不思議工作室
郵撥帳號■50017206 采舍國際有限公司（郵撥購買，請另付一成郵資）
台灣出版中心■新北市中和區中山路2段366巷10號10樓
電　話■(02)2248-7896　　傳　真■(02)2248-7758
物流中心■新北市中和區中山路2段366巷10號3樓
電　話■(02)8245-8786　　傳　真■(02)8245-8718
ISBN■978-986-271-144-6
出版日期■2011年11月

全球華文國際市場總代理／采舍國際
地　址■新北市中和區中山路2段366巷10號3樓
電　話■(02)8245-8786　　傳　真■(02)8245-8718

新絲路網路書店
地　址■新北市中和區中山路2段366巷10號10樓
網　址■www.silkbook.com
電　話■(02)8245-9896
傳　真■(02)8245-8819